KB062147

L'été où je suis devenue vieille

내가

늙어버린

여름

내가 늙어버린 여름

1판 1쇄 인쇄 2021. 8. 23.
1판 1쇄 발행 2021. 8. 30.

지은이 이자벨 드 쿠르티브롱
옮긴이 양영란

발행인 고세규
편집 김민경 디자인 지은혜 마케팅 김새로미 홍보 반재서
발행처 김영사

등록 1979년 5월 17일 (제406-2003-036호)
주소 경기도 파주시 문발로 197(문발동) 우편번호 10881
전화 마케팅부 031)955-3100, 편집부 031)955-3200 | 팩스 031)955-3111

값은 뒤표지에 있습니다.
ISBN 978-89-349-6696-8 03860

홈페이지 www.gimmyoung.com   블로그 blog.naver.com/gybook
인스타그램 instagram.com/gimmyoung   이메일 bestbook@gimmyoung.com

좋은 독자가 좋은 책을 만듭니다.
김영사는 독자 여러분의 의견에 항상 귀 기울이고 있습니다.

이자벨 드 쿠르티브롱

양영란 옮김

내가 늙어버린 여름

Lite as je ver buenn uille

김영사

그 여름,

그녀는 더 숨이 찼고
더 빨리 헉헉거렸다.

사람들은
버스나 지하철에서,

점점 더 자주

그녀에게
자리를
양보했다.

날이면 날마다,

온 사방의
젊은이들이
그녀의 눈에
들어오기 시작한다.

그녀에게

무슨 일이 생긴 거냐고?

나이를 먹었을 뿐이다.

그 여름에,

그녀는
노인이 되었다.

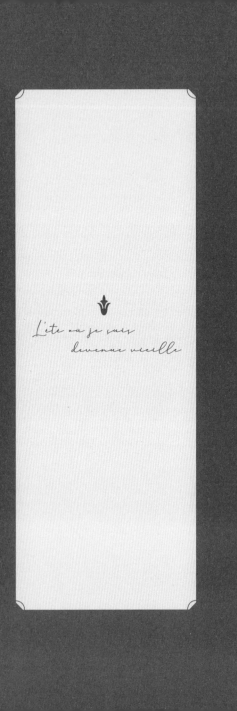

L'été où je suis
devenue vieille

차례

L'été où je suis devenue vieille

문제는 노화기에 접어들어서야 노화에 관한 의미 있는 글을 쓸 수 있다는 점이다. 하지만 이 경우, 노화는 이미 당신 안에 자리를 잡고 당신과 하나가 되어버리므로 노화를 오롯이 파악하기란 힘들다. 암튼 이 주제는 충분히 나이 들기 전까지는 제대로 다루기 어려울 터이니… 결과적으로 내 안의 젊음이 완전히 죽지 않았을 때여야만 늙음에 대해 말할 수 있다.

브누아트 그루Benoîte Groult*, 《별표 자판La Touche étoile》

* 1920~2016, 프랑스의 기자, 작가, 여성운동가로 페미니즘의 역사, 성차별, 여성 혐오 등에 관해 많은 글을 남겼다.

1

"시간과 더불어, 간다, 모든 건 다 떠나간다."

레오 페레Léo Ferré, 〈시간과 더불어Avec le temps〉

그해 여름 요가 수업을 받다가 늘 해오던 아사나 동작이 점점 더 어려워진 듯한 느낌을 받았다. 몸의 균형을 잡는 일이 하나의 도전이 되어버린 것이다. 두 다리와 등은 예전보다 덜 유연했고, 태양을 향해 몇 차례 절을 하고 나면 금세 숨이 가빠졌다. 그 이후로 내내 시련은 계속되었다. 지하철역 계단을 내려갈 때면 거의 매달리다시피 난간을 꽉 붙잡아야 했고, 지하철 안에서는 자리를 양보해주는 사람이 점점 늘어났다. 고마워해야 하는 건지, 모욕을 받았다고 여겨야 하는 건지 몰라 나는 주춤거렸다. 그렇게 지내던 어느 날, 안과 의사는 나에게 백내장 수술 진단을 내렸다.

'백내장이라니! 완전히 노인 질환이잖아!'

최근 몇 해 동안, 줄곧 근시 안경의 도수를 올려왔지만, 그저 한층 더 특이하고 멋진 새 안경테를 고를 기회로만 생각했다. 이런 말도 안 되는 진단을 받고 나니, 내 눈엔 젊은이들만 보였다. 곳곳엔 젊은 사람들 천지였다. 길거리에, 상점에, 카페 테라스에 둘러앉은 젊은이, 자전거 페달을 밟는 젊은이, 쌍쌍이 짝을 지어 다니거나 우르르 떼 지어 몰려다니거나 아기를 데리고 다니는 젊은이. 밀려드는 파도 같은 젊은이의 물결. 모든 공간은 그들 차지였다. 어디를 가든 내가 제일 연장자였다.

지금까지 전혀 해보지 않은, 이제 노화라는 인생의 내리막길에 접어들었다는 낯선 생각이 머릿속에 퍼뜩 떠올랐다. "이자벨, 그게 바로 늙는다는 거야. 아직 잘 드러나지 않았지만 노화가 앞으로 점점 더 큰 자리를 차지할 테니 잘 받아들여야 할 거야!" 몸이 단언하듯 명백한 사실을 들이밀기 전까지는 단 한 번도 노화에 대해 생각해본 적이 없었다. 내 안의 모든 것이 이 지엄한 사실에 저항해왔다. 나는 늘 신체적, 심리적 난관을 성공적으로 극복해왔다고 자부했으며, 내 인생의 길잡이가 되어준 독립심과 자유로운 정신을 자랑스럽게 여겼다. 독립적이고 자유로운 방식이 아닌 다른 방식으로는 어떻게 존재해야 하는지조차 알지 못했고, 그렇게 할 수도 없었다. 하지만 이제는 이 새로운 상황과 대면해야 했다. 그런데 이번엔 익숙한 나의 방어기제가 작동하지 않았다. 이 현실과 맞닥뜨리기 위해서는 다른 수단을 찾아내야 할 터였다. 다른 방식으로 존재하는 법을 익히기 위해서는 다른 지표가 필요했다.

우선, 백내장. 마음이 썩 내키지는 않았지만 백내장 수술이라는 진단을 받아들였다. 사람들은 잔뜩 풀이 죽은 나를 보며 그건 더 이상 흔할 수 없는 국민 수술이라고 떠들었다. 그들은 나를 안심시키려고 애썼고, 아무 탈 없이 무사히 수술을 받은 여러 사람의 사례를 늘어놓았다. 그런 와중에 선의로 가득 찬 한 친구는, "그래도 조심하는 게 좋아, 넌 약한 편이잖아"라는 말을 덧붙였다.

'내가 약한 편이라고?' 어린 소녀에게 약하다는 말은 긴 머리에 티 없이 매끄러운 얼굴, 가느다란 손목과 발목을 지녔다는 뜻이다. 그런데 늙어가는 여인에게 약하다는 말은 골다공증 탓에 넘어졌다 하면 곧 넓적다리뼈

나 골반 골절이 생기는 것을 뜻한다. 지금까지 나는 내가 강단 있고, 힘든 내색이라고는 하지 않는 여자라고 생각했다. 인생의 고비마다 의지할 사람 하나 없어도 오뚝이처럼 분연히 다시 일어서는 센 여자.

약하다는 사실은 조심하지 않으면 닥칠 수 있을 모든 일에 불안해하는 겁쟁이가 되도록 하는 걸까? 어제보다 위험해진 세상에서 삶의 방식을 변하게 하는 걸까? 나는 이제껏 해왔듯 단호한 걸음으로 앞으로 나아가는 대신 온갖 구실을 대면서 주춤거리게 될까? 혹시라도 발을 헛디딜세라 하늘을 바라보며 걷지 않고 땅만 보며 걷게 될까? 속도를 늦추고 주저하면서 많은 것을 피하려 들게 될까? 기온이 영하 15도쯤으로 내려가면 꼬부랑 할망구처럼 온몸을 꽁꽁 싸매게 될까?

시련은 그것으로 끝이 아니었다. 치과 의사까지도 내 치아 문제가 너무 많이 사용해서 닳았기 때문이라고 설명하는 게 아닌가. 약한 것으로도 모자라, 이제 닳기까지 했다! 닳았다는 말이 뇌리를 떠나지 않았다. 닳아버린 몸, 도대체 나는 어떻게 내 몸을 닳아버리게 했단 말인가? 얼마나 많은 리프팅이며 지방 이식, 레이저 시술을 받아야 세월의 축적을 늦출 수 있을까?

최근 들어서 점점 더 뚜렷하게 느끼는 점은 정신마저 닳는다는 사실이다. 사실 나는 언제나 정신이 약간 멍한 상태이긴 했으나, 요즘 들어 상태가 정말로 걱정스러워지고 있었다. 가령 외출하면서 문에 열쇠를 꽂아두는 일이 잦아졌다던가 배낭이 어디 있는지 한참을 정신없이 찾다가 등에 메고 있다는 걸 알아차리는 식이다! 날짜를 틀리는가 하면 약속을 잊는 일도 있다. 무슨 일이 있어도 반드시 읽어야 할 책이나 놓치지 말고 꼭 봐야 할 영화를 신이 나서 추천하려는 순간, 그토록 감탄해 마지않았던 책이며 영화의 제목을 기억해내지 못하기도 한다. 나도 모르는 사이에 내가 그런 사람이 된 것이다. 내 주위에서는 이런 일이 점점 더 잦아지고 있다.

나는 '두려워하기'를 시작하게 될까 봐 두렵다. 지금껏 그런 감정 따위에 져본 적이 없는데 말이다. 늙는다는 두려움, 병드는 데 대한 두려움. 어울리지 않는 이들과 동행하느니 차라리 홀로 고독한 편이 더 좋다고 큰소리치던 나였는데, 독신으로 남지 않으려 정서적 타협을 받아들인 사람들을 우습게 알던 나였는데, 그런 내가 이제는 고독이 두렵다.

약하고 닳아버린 나. 앞으로 다가올 세월에 불안해하는 나 자신을 발견한다. 그 세월이 나에게는, 태어나서 처음으로, 위협적인 방식으로 다가온다. 그토록 믿고 있던 나 자신에게 이보다 더 큰 수모란 있을 수 없다. 어떻게 하면 스스로도 몰라보게 된 몸과 세상 앞에서 점점 더 자기 안으로만 움츠러드는 겁 많은 노파가 되지 않을 수 있을까?

2

"얼굴은 거울을 용서한다."

톰 웨이츠Tom Waits, 〈세상은 온통 초록이다All The World Is Green〉

◆

　나는 화장을 하고 머리를 매만지고 입을 옷을 고르느라 점점 더 많은 시간을 보낸다. 파운데이션으로 주름살과 기미 자국을 잠깐이나마 감추고, 금발 염색으로 흰머리를 숨기는가 하면, 정기적으로 치아 미백 시술을 받으며, 눈썹을 다듬고 팔과 목을 점점 더 가린다. 더는 외출 직전에 급히 티셔츠와 청바지를 맞춰 입는 그 소박하고 단순하고, 무심한 행복을 누리지 못한다. 그런 시절은 어느덧 과거가 되어버렸다.

　어느 날 아침, 거울 앞에서 나 자신에게 한 가지 질문을 던졌다. '언제 이 모든 노력을 포기하고 현실을 받아들이게 될까?' 몇 살이 되어야 이런 가면이 너무 무거워서 주체할 수 없게 되는 걸까? 그렇게 되려면 혹시 반드시 거쳐야 하는 중간 단계가 따로 있는 건지 사실 잘 모르겠다. 그리고 만일 그런 게 따로 있다면, 그건 또 어떤 단계란 말인가? 여성 잡지들은 젊은 사람들에게만 빌붙는다는 핀잔을 듣기 싫어서인지 몇 년 전부터 약간 나이 든 여자들도 이따금 소개하는 것 같던데, 그마저도 꾸민 듯 안 꾸민 듯 나무랄 데 없이 손질된 윤이 좔좔 흐르는 은발에, 감각적이고 우아한 장신구까지 완비하여 '여전히 매력적인 자태'로 어디에서든 단연 돋보이는 여인의 이미지만을 투영할 뿐이었다. 무르익은 여인에게도 '봐줄 만한 잔재'가 남아 있다는 듯 말이다. 그런데 나이 든 여자들에게 점수를 따기 위해 꾸며낸 이 표현 방식은 사실 모욕이다. 마치 나이 든 여자들은 전날 먹다 남은 음식처럼, 다시 데우면 여전히 먹을 수 있긴 하나, 이미 유효 기간이 지난 것이나 마찬가지라는 말로 들리니까.

그 때문에 리프팅의 장단점에 대해 그토록 지겨운 논쟁이 끝도 없이 이어지는 것이다. 리프팅은 이제는 너무 흔해졌고, 나 역시 적극적으로 권한다. 나는 리프팅을 오직 주름살을 없애는 방편이라고만 여기지는 않았다. 나이 오십 줄에 들어선 후 몇 번인가 아침에 거울을 바라보았는데, 거울에 비친 나는 몹시 피곤하고 서글프며 우울해 보였다. 그 모습은 다른 사람들에게 내가 지금 기분이 좋지 않아 보일수 있다는 인상마저 줄 수 있을 것 같았다. 때문에 살짝 늘어진 주름 몇 개만 당겨주면 좋겠다고 생각했다. 내가 받는 리프팅 시술은 언제나 아주 가벼운 정도를 넘어서지 않았으므로, 결과 또한 거의 눈에 띄지 않았다. 그렇기에 리프팅은 노화를 막기 위한 시도가 아니라고 강하게 믿었다. 비록 그 리프팅 시술이 우연히도 항상 10년 주기의 행사처럼 되어버렸지만 말이다.

하지만 나는 그 여름, 내가 또 한 번의 리프팅 시술을 결심한다면 더 이상 전과 똑같은 이유 때문은 아닐 것임을 깨달았다. 그렇게 된다면, 그건 나이와의 정면 대결이 될 터였다. 나의 아주 작은 부분에만 영향을 줄 마지막 환상 같은 몸부림. 어차피 눈빛이며 행동거지, 목소리, 에너지 등 몸 전체를 리프팅할 수는 없는 법이니까.

이제 더는 명백한 사실에 맞설 힘도, 그렇게 하고 싶은 욕망도 없을 때, 우리는 어떻게 해야 여자로서 마지막 시간을 달리는 열차에 올라탈 수 있을까? 어디서부터 시작해야 하는 걸까?

그때 내 머릿속에 떠오른 것은 도리스 레싱Doris Lessing•이 쓴 소설이었다. 소설의 제목은 지금의 내 상황과 딱 맞아떨어졌다. 《어둠이 오기 전의 여름The Summer Before the Dark》. 이 아름다운, 참되면서 동시에 끔찍한 소설 속에서, 주인공 케이트 브라운은 오십 대(소설은 1973년에 발표되었는데, 이 무렵의 쉰 살이면 요즘의 일흔 살과 맞먹는 나이라고 할 수 있다)가 되어가는 중년 여성으로, 강하고 능력이 있으며, 자기 일에서도 성공하고, 아내와 어머니로서도 완연히 무르익은 상태였다. 스페인에서 열린 심포지엄에서 한 연하남과 외도를 한 그녀는 곧 병이 나서 런던으로 돌아가야 하는 처지에 놓인다. 그런데 그녀는 집으로 곧장 돌아가지 않고 호텔에서 잠시 휴식하기로 마음 먹는다. 그녀는 병 때문에 몸무게가 줄었고, 주름살도 깊어졌다. 그 때문에 출장 중에 입었던 우아한 옷들이 이제는 헐렁하게 축 늘어지고, 머리카락 사이사이로 희멀건 두피가 보이는가 하면, 두 뺨은 쾡하

• 1919~2013, 이란에서 태어난 영국 작가. 2007년 노벨문학상을 수상했다.

게 파였다. 길에서 우연히 친구와 마주쳤으나 친구가 그녀를 알아보지 못했고, 그러자 케이트는 비로소 자신이 몰라보게 달라졌음을 깨닫는다. 적당히 살이 찐 통통한 몸집에 풍성한 붉은 머리채를 자랑하던 매력적인 여인에서 늙고, 마르고, 옷맵시도 나지 않는 노인으로 변해버렸다는 사실. 남의 눈에 보이지 않는 투명인간이 되어버린 것이다.

그날 저녁, 케이트는 런던의 한 식당에서 혼자 저녁을 먹는다. 종업원들은 그녀를 제일 후미진 테이블로 안내하더니 경멸하는 태도로 대한다. 그래서 그녀는 체험에 나서기로 결심한다. 다음 날 예쁜 옷들 가운데 하나를 골라 입고 허리띠로 허리를 조인 다음, 굵은 머리띠로 숱이 적어진 머리채를 적당히 감추고, 입술엔 루주까지 바르고 전날 갔던 식당을 다시 찾아간다. 똑같은 종업원들이 이번엔 예의 바르고 주의 깊은 태도로 그녀를 대하며, 심지어 작업을 걸어오기까지 한다.

도리스 레싱은 전통적 여성성과 관련하여 사회적으로 통용되는 규칙에 고분고분 따르지 않는 여성들에게 가해지는 사회의 부정적 시선과 판단을 드러내려는 의

도에서 이 작품을 썼을 것이다. 하지만 성적 욕망을 자극하는 사람에서 투명인간으로 넘어가는 특정한 나이의 여인을 주인공으로 내세움으로써 제목처럼 우리가 갑작스럽게 '어둠' 속으로 들어왔음을, 그리고 그 어둠이 앞으로 우리가 인생에서 맞이하게 될 다음 단계임을, 늙어버린 한 여인을 통해 보여준다. 나의 인생 또한, 그러하다.

3

"자유는 그저 '더는 잃을 것이 없다'의 다른 말이다."

재니스 조플린Janis Joplin, 〈나와 보비 맥지Me and Bobby McGee〉

늙어버린 그 여름 이후, 온갖 후회가 나를 엄습했다. 너무도 거세고 강력해서 그것들이 수면 위로 떠오를 때마다 매번 눈물을 흘리고 말았다. 예전 같으면 후회라곤 하지 않았고, 우는 법이라곤 절대 없었는데.

"이렇게 할 수도 있었을 텐데" "저렇게 해야 했는데" 하는 식의 후회라기보다 사실 그대로를 인정하는 과정이 더 고통스럽다고 해야 하나. 예를 들어, 나에겐 자식이 없다. 나는 그 사실을 '후회하지' 않는다. 여자들이 그러한 선택을 할 수 있는 시대를 살았고, 그것이 특권임을 잘 알고 있었기 때문에 선택의 결과를 받아들인 것이다. 하지만 그렇긴 해도 자식들로 행복해하고, 그 자식들과 그 자식들의 자식들을 자랑스러워하는 몇몇 친구를 볼 때가 있다. 그 친구들은 자식과 손주들이 자신에게 새로운 인내심을 불러일으키며 자기 삶에 의미를 부여해준다는 말을 하곤 했는데, 때로 난 그 친구들이 부러웠다.

나는 자유의 이름으로, 나에게 어느 정도의 안정과 지속성을 보장해줄 수도 있었을 모든 것, 가령 아파트며 도시, 각종 물건 따위를 뒤로했다. 이사를 할 때마다 (솔직히 엄청 여러 번 이사했다) 나는 뒤도 돌아보지 않았고, 사소한 추억거리조차 간직하지 않고 모든 것과 작별했다. 나는 애착을 족쇄처럼 여겼으며, 그런 족쇄 따위는 전혀 원하지 않았다. 나는 내가 쓴 글들을 잃어버렸거나 버려버렸다. 마치 그것들을 더는 믿지 않으며, 나 아닌 다른 누구도 나와 마찬가지로 그 글들을 믿지 않으리라 확신하는 사람처럼. 학위 수여식, 시상식, 출판 기념회나 그 외 모든 축하 행사 같은 예식이란 예식은 모조리 피해 다녔다. 내가 이룬 성취를 자랑스러워하기는커녕 내 저서의 출판도 거의 알리지 않았다.

나는 부모님에게도 쌀쌀맞은 딸이었다. 모든 것에 반기를 들었는데, 이 '모든 것'엔 나를 보다 인간적인 사람으로 만들어줄 수도 있었을 것들도 포함된다. 나는 물질적, 정서적 홀가분함을 삶의 방식으로 삼았으며,

35

이는 오늘날까지도 나를 물고 늘어진다. 저녁에 친구 집에 모이면, 자연스럽게 스마트폰과 그 안에 담긴 일련의 사진들이 화젯거리로 등장한다. 저마다 자기 할머니 할아버지 사진, 이어서 부모님 사진 그리고 최근에 찍은 자식 사진과 손주들의 사진을 차례로 주고받는다. 모두 공유하고, 감탄사를 연발하며 이런저런 질문을 해댄다. 그런데 난 보여줄 사진이 한 장도 없다.

심지어 나는 행복했던 추억마저 잊어버렸다. 지금에 와서 다시금 그 시간을 되새김질하기란 무척 고통스러운 일이다. 왜냐하면 그 순간들에 대해서 충분히 감사하지 못했음을 상기시키기 때문이다. 나는 행복했던 순간들을 마음껏 누리는 대신 그것들로부터 눈을 돌렸다. 아니, 어쩌면 훗날, 언젠가 필요하게 되면 꺼내 쓰려고 어딘가에 차곡차곡 쌓아놓았을지도 모른다. 이 모든 회한이 그 여름에 별안간 수면 위로 올라왔다. 그 너머의 세상과 나를 차단해주던, 평생 쉬지 않고 쌓아 올린 장벽에 균열이 생긴 것이다. 장벽은 매일 조금씩, 점점 더 무너져 내렸다.

나는 나의 과거로부터 멀어졌고, 살아가는 동안 계속

삶을 지워갔다. 어차피 모든 건 나와 함께 사라지는 것이라고 믿었다. 그렇기 때문에 선수 치는 편을, 미리 도망치고, 단념하고, 거부하고, 잊어버리는 편을 선호했다. 그런데 이제껏 악착같이 확보해놓은 이 휑한 공백이 내 마음에 깃든 슬픔으로부터 전혀 나를 보호해주지 못하고 있음을 깨닫는다. 내가 남자였어도 이와 똑같은 감정을 느꼈을까?

4

"안녕, 내 오랜 친구, 어둠이여."

폴 사이먼Paul Simon,
〈더 사운드 오브 사일런스The Sound of Silence〉

그해 여름, 결국 슬픔은 나의 발목을 잡았다. 곧 우울증과의 대면이라는 쉽지 않은 문제가 줄곧 공격할 틈을 노린다는 사실을 깨달은 것이있다. 나는 그 공격을 한 번 더 피해갈 수 있을 거라는 희망을 품기 힘든 나이였고, 그런 공격에 대항하기란 젊을 때보다 훨씬 어려운 법이었다. 내가 가진 자원이 하루가 다르게 고갈되어가는 마당에 어떻게 버틴단 말인가? 어떻게 백기 투항하지 않을 수 있단 말인가?

'우울증'이라는 용어가 어린아이에게도 적용될 수 있는지는 모르겠으나, 암튼 꼬마 시절 찍은 사진 속에서도 나는 항상 얼굴을 찌푸리고 있었다. 절대 미소를 짓지 않았고, 남들과 어울려 노는 경우도 드물었다. 어린애들과 있을 때면 어떻게 행동해야 할지 잘 몰랐다. 그건 지금도 마찬가지다.

나는 우리 집안 구성원들이 오래도록 대물림해가며 희생되었음에도 여전히 길들이지 못한 그 고약한 질병을 물려받았다. 말하자면 태어날 때부터 우울증을 앓고 있었던 셈이다. 우울증을 앓지 않았던 해는 단 한 해도 없었다. 이 음울한 동행을 따돌리려고 온갖 분야의 정신과 의사, 우울증 치료사를 만났고, 침술, 마음챙김 명상, 운동요법, 아유르베다, 섹스, 요가, 학업, 글쓰기, 사랑, 결혼 등 안 해본 것이 없다. 그 덕분에 가끔 증상이 사라지기도 했다. 그럴 때면 일시적으로나마 해방감을 느꼈다. 그렇지만 그건 어디까지나 그 몹쓸 병이 악의적으로 허락해준 짧은 휴식에 불과했다.

　이 병은 겉으로 드러나는 증세라고는 거의 없기 때문에 애써 원기 왕성하게, 겉보기에 그럴듯한 활력을 가장하고 행동하면 그것이 가면이라는 걸 아무도 눈치채지 못한다. 가면이 너무 무거워서 더는 쓰고 있기 힘든 지경에 이르면, 그제야 도망을 치게 된다. 아무도 없는 곳에서 혼자 자신을 향한 미움, 공허함과 마주하게 되는 것이다. 뇌는 기계처럼 계속 반복하고, 반추하며, 슬픔을 곱씹을 수밖에 없다. 지나치게 예민한 감수성은 점차 편집증에 가까워져 긴장이 고조되다가, 결국 제풀에 지쳐 굴복하게 된다. 이때의 무기력감은 엄청나 만사가 다 귀찮고 늘 피곤한데, 이 피로감은 도저히 극복되지 않는다. 이렇게 해서 차츰차츰 체념에 이른다. 위기가 거듭됨에 따라 오직 한 가지 욕망, 모든 것이 이대로 멈추었으면 하는 단 하나의 욕망만 남는다. 그러다 '우울증 때문에 우울한' 상황을 더는 견딜 수 없게 된다. 이런 식으로 계속하는 건 너무도 감당하기 힘든 무게로 느껴진다.

나는 나의 몸과 정신의 쇠퇴에 수반되는 이러한 증세들이 앞으로 증폭되리라는 것을 안다. 나는 적의 힘을 약화시키는 데 필요한 충분한 시간과 에너지가 부족할까 봐 두렵다. 내 나이엔 모든 것이 다시금 수면 위로 올라온다. 제아무리 평생토록 묵직한 문으로 이중 삼중으로 잠가 가두어두려고 애를 썼어도 무의식은 언제까지고 얌전히 감옥에 갇혀 있으려고 하지 않는다. 그럼에도 나의 보호 전략은 오랫동안 제법 잘 작동해왔다. 열세 살 때, 우리 집 고양이가 여러 마리의 새끼를 낳은 적이 있다. 그중에서 제일 작고, 제일 수줍음이 많은 잿

빛 털의 앙증맞은 녀석이 특히 눈에 밟혀 나는 그 녀석을 내 고양이로 삼았다. 그러던 어느 날, 집사가 내 방문을 두드리더니 그 새끼 고양이가 밟혀 죽었다고 알려주었다. 그 이후로 떠올리지 않고 지냈던 그 사건이 최근에 갑자기 나를 사로잡았다. 당시에 나는 슬퍼하지도, 그렇다고 크게 당황하지도 않았다. 나는 그 무렵의 내가 슬픔으로 약해지지 않으려 안간힘을 썼다는 사실을 깨달았다. 그 일이 있은 지 60년이 지난 지금에야 상실, 그러니까 소중한 존재든 좋아하는 어떤 장소든 상관없이 하여간 모든 형태의 상실과 연관된 감정을 어느 정도까지 철저하게 억압하고 살아왔음을 알게 되었다.

학창 시절 나는 줄곧 실비아 플라스Sylvia Plath[•]와 버지니아 울프Virginia Woolf의 자살에 사로잡혀 지냈다. 실비아는 나와 나이가 거의 비슷했고, 나처럼 뉴잉글랜드 지방에 살았다. 무엇보다도 그녀가 자기 경험을 묘사하는 대목에서 내 모습을 보는 것 같았다. 진정으로 이 세상에 두 발을 딛고 존재하지 않으면서 이 세상에 존재

[•]   1932~1963, 미국의 시인이자 단편소설 작가.

하는 모습이라니. 소설《벨 자The Bell Jar》에서 화자는 투명하지만 방음이 아주 잘되는, 모든 지각을 질식시켜버리고 바깥세상과의 모든 접촉을 금지하는 종 아래에서 사는 느낌을 아주 상세하게 묘사한다. 실비아는 아주 젊었을 때 자살을 시도했고, 전기 충격을 기반으로 하는 치료를 받은 덕분에 10년 정도 휴식 같은 시간을 보냈다. 그러다 서른 살이 되었을 때, 그녀는 두 아이를 재운 뒤 아이들 방의 창문을 연 다음, 주방 문을 꼭 닫고서 오븐에 머리를 처박고 가스를 틀었다. 나는 견딜 수 없는 무게로부터 놓여나고 싶은 욕망이, 모든 관계에서 비롯되는 정서적 유대감보다 (그것이 아무리 끊기 어려운 관계라고 할지라도) 더 강하다는 사실에 적잖이 충격을 받았다.

버지니아 울프로 말하자면, 나에게 최초로 페미니즘을 가르쳐주었다고 할 수 있는《자기만의 방A Room of One's Own》을 썼는데, 나는 이 작품을 정기적으로 읽고 또 읽을 뿐만 아니라 강의도 자주 했기 때문에 그녀가 1941년 남편 레너드에게 남긴 작별의 편지를 눈 감고 줄줄 외울 정도였다.

"사랑하는 남편,

난 내가 다시금 미쳐가고 있다고 확신해요. 이번에도 우리가 이 끔찍한 시간을 다시 한번 무사히 견뎌낼 수 있을 것 같지 않다고 느끼죠. 그리고 이번엔 회복할 수 없으리라는 것도 느낄 수 있어요. 내 귀엔 목소리들이 들리기 시작하고, 난 도저히 집중할 수 없어요. 그래서 나는 내 생각에 제일 나아 보이는 걸 하려고요."

많은 작가가 자신이 겪은 우울증을 묘사했다. 윌리엄 스타이런William Styron•, 대프니 머킨Daphne Merkin••, 앨프리드 알바레즈Alfred Alvarez•••, 데이비드 포스터 월리스David Foster Wallace•••• 그리고 최근엔 셀린 큐리올Céline Curiol•••••

• 　　1925~2006, 미국의 소설가이자 수필가.
•• 　　1954~ , 미국의 문화, 문학 평론가로《뉴요커》《엘르》 등에서 그녀의 글을 읽을 수 있으며, 국내에서는《우상들과의 점심》《나의 우울증을 떠나보내며》 등이 번역 및 출판되었다.
••• 　　1929~2019, 영국의 시인, 소설가, 수필가, 비평가.
•••• 　　1962~2008, 미국의 작가, 대학교수.
••••• 　　1975~ , 프랑스의 작가, 기자.

같은 작가들의 작품이 내가 이제까지 짊어지고 살았으며, 지금도 계속 감내하고 있는 것을 아주 내밀한 방식으로 보여준다.

그들은 그 잠복 진행성 고질이 자신을 때려눕히기 전까지는 아무도 그것이 거기 숨어 있다는 사실조차 깨닫지 못하는 현실을 드러낸다. 작가들도 언제, 왜, 어떻게 해서 그 캄캄한 어둠이 그들을 덮치는지 설명할 도리가 없다.

나를 아는 모든 사람은 내가 비관론자(나는 그 말보다는 '통찰력 있는'이나 '현실적인' 같은 표현을 선호하지만)라는 사실을 잘 알고 있다. 비관적 성향은 확실히 내 성격의 중요한 부분이다. 나는 우리가 비관론자라서 우울한지, 우울하기 때문에 비관론자가 되는지 궁금하다. 비관론은, 적어도 나의 경우엔 상실의 두려움에서 비롯된다고 생각했다. 이 사실을 지금에 와서야 깨닫는다. 그러니까 비관론은 상실에 대처하기 위한 수단이자 상실을 길들이고, 내가 소중하게 여기는 것이 어느 순간 갑자기 사라져버리는 황당함을 회피하기 위한 수단인 셈이다. 요컨대 버림을 받기 전에 내가 먼저 버리는 것이다.

그건 완전히 나를 무너뜨릴 수도 있는 실망감에 대한 공포이며, 견뎌내지 못할 깊은 슬픔의 심연에 떨어질까 두려운 공포이다. 이제껏 미리미리 나 자신을 다잡아가며 잘 도망쳐왔는데 말이다. 스타이런의 설명이 옳다. "상실감이 가능한 모든 방식으로 발현되는 것이 지속적인 우울증의 핵심이다. 상실의 대상이 사람이든 장소든 그런 건 상관없다. 우리에게 소중한 것이면 무엇이든 다 해당한다. 상실감이란 곧 버림받는 데 대한 두려움이기도 하다."

나처럼 이 병으로 고생하는 사람들은 그것이 간헐적이든 지속적이든, 주로 자기 비하라는 테마를 중심축으로 같은 문제를 계속 되새김질하는 일종의 나선운동 속으로 들어가게 된다. 그런 상태에서 자존심 따위는 깡그리 잊은 채 그저 자신의 실수와 실패만 곱씹는다. 승전보는 머릿속에 없고, 성공담은 제대로 조명받지 못한다. 언제 어디서나 따라다니는 죄책감은 상황을 악화시키는 요인이다. 몸도 건강하고, 돈 문제도 없고, 주변에 친구도 많은데 어떻게 감히 자신의 처지를 비관할 수 있단 말인가. 세상은 혼돈과 폭력, 기아로 얼룩져 있는

데. 하지만 내 상태가 좋지 않으면, 타인의 불행이나 지구촌에 산재한 여러 문제를 보며 연민에 빠진다 한들, 아무런 도움도 위안도 되지 않는다. 스스로를 보호하기 위해 센 척, 강한 척을 하게 된다. 이 분야에서 논리 같은 건 중요하지 않다. 나는 이러한 고통을 느껴야 할 까닭이 없음을 잔인할 정도로 또렷하게 의식하면서도, 내 머릿속에서 반복되는 저주스럽고 파괴적인 되새김질 또한 통제할 수 없다. 이 같은 악순환은 끝도 없이, 무정하게, 언제까지고 계속된다.

5

"나도 모르는 사이에 나는

나이 차별이라는 영토에 들어섰다."

베르나르 피보Bernard Pivot, 《내 인생의 말Les Mots de ma vie》

여름이 시작될 무렵, 조카딸과 대녀에게 연락을 했다. 둘다 청소년기에 접어들고 있었다. 학교 수업이 다 끝났을 테니 만나서 점심이나 저녁 식사도 같이하고, 영화도 보자고 제안했다. 그런데 모호한 대답만 돌아왔다. '너무 할 일이 많고, 바캉스 준비도 해야 한다. 하지만 그래도 분명히 약속하는데, 개학 때 만나자'라는 것이었다.

나는 언제나 내가 19세기 영국 소설에 나올 법한 고모라고 자처해왔다. 조카들이 어렸을 땐 그 애들을 영화관이며 맥도날드에 데리고 다녔고, 여행을 다녀올 때마다 선물도 잊지 않았다. 몇 번인가 미지의 나라를 여행시켜준 적도 있다. 나는 아이들의 생일을 잊은 적이 없고, 자기 부모들에 대한 불만을 얘기하거나 첫사랑 실패담을 털어놓을 때면 주의 깊게 들어주었다. 요컨대 그 아이들에게 다른 삶의 방식이 있음을 보여줄 수 있다는 사실이 자랑스러웠다. 자유롭고 독립적이며, 체제 순응적이지 않은 여인의 모습이랄까. 나는 항상 독창적이고 쿨하며 약간 괴상하지만, 함께 시간을 보내면 재미있는, 세상에 둘도 없는 유일한 고모였다.

이제 내 조카들에게는 이성, 동성의 친구들이 있고, 스마트폰이 있으며, 학업이 있고, 좋아하는 음악이 있다. 그 애들은 방학이면 친구들과 여행을 가고, 고모가 하는 여행 따위엔 더 이상 관심을 보이지 않는다. 나의 영화나 독서 취향을 공유하지 않으며, 내가 떠들어대는 지적이고 정치적인 설교, 나의 페미니스트적인 분석, 잦은 사회 비판이 얼른 끝나기만을 초조하게 기다린다. 그 아이들은 나와 같은 세대 사람들이 도무지 이해하기 힘든 세상에서 물 만난 고기처럼 유유자적 활보한다. 그 세상에서 페이스북이며 인스타그램, 트위터, 왓츠앱 같은 것들을 활용해 유연하게 헤엄친다. 나는 그런 것들을 받아들이기가 몹시 힘든데 말이다. 그 아이들에겐 내가 쓴 설명적이고 실존적이며 서술적인 장문의 이메일을 읽어줄 인내심이 없다. 또 더 이상 전화 통화를 즐기지 않으므로 난 그저 짤막한 문자메시지로 만족해야 한다. 그

때문에 난 그 아이들이 뭘 하고 다니는지 알지 못한다. 시시콜콜 말을 해주는 경우가 아주 드물기 때문이다. 요즈음 그 아이들이 나를 어떻게 보는지 알지 못한다. 아니 나를 보긴 하는지조차도 모른다. 나는 그 아이들이 자기들 방식으로 나를 사랑한다는 사실만큼은 전혀 의심하지 않지만, 그것만으로는 위로가 되지 않는다.

은퇴한 직후부터 나는 젊은 사람들에게 별 볼 일 없는 여자가 되어버렸음을 깨달았다. 그 전이라면, 적어도 소소한 일화나 유용한 정보 정도는 제공할 수 있는 입장이었다. 그런데 이제 나의 경험은 전혀 중요하지 않게 되어버렸다. 내가 간직한 기억, 내가 감행한 모험들은 젊은이들을 매료시키지 못한다. 내가 전달하고자 하는 생각들은 그들 귀에 들리지도 않는다. 난 그래도 교수로서 천 명이 넘는 학생들에게 문학을 발견하게 해주었고, 일정 수준의 비판 정신에 눈뜨게 해주었노라고 말할 순 있다. 그 학생들 가운데 더러는 어쩌면 지금까지도 나를 기억할 테지만, 이제 그들도 직업과 가정, 배우자, 자식이 있는, 요컨대 자기들만의 삶을 사는 어엿한 어른이다. 그러한 사실을 인정하는 일 또한 내가 결국 투명인간으로 살아가는 한 방식이다.

나는 때때로 각 세대 간의 단절이 이토록 견고하지 않았고, 인생 선배들이 이 정도로 무시당하지 않으면서 사회적으로 일정 역할을 담당하던 시절을 회상하는 나 자신을 발견하고 놀라곤 한다. 이런 종류의 생각을 한다는 사실 자체가 노화의 진영으로, 나아가서 고리타분한 꼰대들의 진영으로 성큼 들어서는 것임을 또렷하게 인식하고 있기 때문이다. 게다가 '좋았던 옛날'이 실제로는 그다지 좋지 않았다는 사실도 너무 잘 알고 있다. 그럼에도 내가 젊었을 때는 틀림없이 내가 하는 일, 내가 사는 세상을 이해하려고 노력하며, 나와 함께 잠시나마 동질감을 가져보고자 애쓰던 나보다 나이 많은 사람들에게 훨씬 너그러웠다고 감히 확신한다.

내가 보기에 우리가 1960~1970년대에 경험한 '세대 갈등'은 오늘날 내 나이대 사람들과 급진적으로 변화된 세상에 사는 후대 사이에 가로놓인 엄청난 단절에 비하면 아무것도 아니었던 것 같다. 그것이 단순한 세대 차이가 아니라 세계의 차이임을 깨닫기까지는 오랜 시간이 필요했다. 그야말로 현기증 나는 차이가 아닌가.

2017년, 나는 프랑스 대통령 선거 입후보자 에마뉘엘 마크롱Emmanuel Macron의 선거 캠프에서 일했다. 내가 보기에 프랑스는 절망적이게도 개혁이 필요한 나라가 분명했기에 1년 동안 전력투구했다. 나는 내가 우리 팀—팀원들은 거의 삼십 대였다—에서 제일 나이가 많은 사람, 그것도 엄청나게 차이가 난다는 사실 같은 건 생각하지도 않고, 상당히 비중 있는 역할을 맡겠노라고 수락했다. 이로써 나에게는 이제까지 알지 못했던 새 세상이 열렸다. 재능 넘치고, 효율적이며, 참여 의식으로 무장하고, 세계화를 지향하며, 관료적이면서 동시에 창의적인, 일종의 '국가 벤처 기업'의 세계. 나는 그들의 지시에 따랐고, 그들의 전략을 실행에 옮겼다. 감정의 움직임 따위에 마음을 쓸 겨를이라고는 없었다. 그렇긴 해도, 나는 얼마 지나지 않아 우리가 지향하는 공통의 명분에도 불구하고, 이들의 존재 방식과는 동떨어져 있는 사람이며, 이들과는 인생관을 공유할 수 없음을 깨달았다. 오래전부터 지적이고 대학 중심적이며, 문학과 이중문화 지향적인 세계 안에서 호흡해온 나는 직업인으로서의 그들의 체험(미디어, 커뮤니케이션, 금융,

인사 업무, 정치 등), 기술적 역량, 효율과 실용성을 중시하는 그들의 셈법과의 접점을 발견할 수 없었다. 우리 사이에 커다란 간극이 있음은 날이 갈수록 점점 더 확실해졌다. 이 깨달음은 나에게 문화적 충격이자, 세대 차이, 정체성의 혼란으로 인한 갈등이었고, 유별나게 나를 뒤흔들었다.

나는 가끔 자원봉사자들이나 팀 직원들과 어울리는 일이, 그들이 항상 친절하게 대해주었음에도 상당히 불편했다. 지금까지 쌓아온 나의 경험이 왜 그들의 눈에는 전혀 유용하게 비치지 않는지 이해할 수 없었다. 그런데다가 나는 내 안에 체화된 비판의 목소리를 잠재울 수 없었다. 우리는 '선의'로 빚어진 후보자의 지시에 따르면서 선거 운동이며 우리의 전략, 우리의 역할에 관한 의심이나 질문은 잠시 옆으로 밀어둘 것을 종용받는 입장이었음에도 말이다. 나의 일하는 방식, 너무도 분석적인 나의 성찰은 그들의 방식 및 성찰과는 온도 차이가 있었다. 나는 완전히 생소한 수많은 디지털 방식 전략을 정복하기 위해 자주 도움을 요청해야 했고, 그때마다 나 스스로가 점점 더 아는 것이 없는 무용지물이라고 느끼게 될 것을 알고 있으면서도 그들과 죽기 살기로 열심히 일했다.

무엇보다도 나는 '역사에 나오는' 페미니스트로서의 나만의 생각에 내 여성 동료들, 일할 때 나의 기준이 되는 동성 동료들이 이따금 놀라는 모습을 보면서 나와 그 여자들의 차이를 가늠해야 하곤 했다. 사실 그 여성 동료들이야말로 내가 일생을 바쳐 투쟁해온 이유를 체화한 것으로 보였다. 직장에서도 뛰어난 실력을 발휘하고, 사생활 면에서도 이성 동반자나 동성 동반자의 든든한 지원을 받으며, 자녀들로부터도 박수 받는 엄마로 살아가는 젊은 여성들. 예쁘고, 쾌활하며, 똑똑하고, 효율적이며, 역량을 갖춘 데다 맡은 일엔 책임을 다하고, 친목을 다지는 순간엔 활짝 잘 웃는 삼십 대의 동료 여성들. 그렇지만 그들에게 나는 일종의 외계인 같은 존재였다.

선거 운동을 하면서 어느 순간엔가 우리는, 에마뉘엘 마크롱이 정계에서 남녀 성비를 균등하게 맞추겠다는 의지를 주요 공약들 가운데 하나로 내걸었음에도, 국회 의원 선거에 출마하고 싶어 하는 여성 후보자가 지극히 소수에 불과하다는 사실을 인정해야 했다. 그래서 우리는 최대한 많은 여성이 참석해서 왜 자신들이 선거에 나서고 싶어 하지 않는지, 혹은 그보다 더 자주 거론되듯이 후보로 나설 만큼 스스로에 대한 자신감이 없는지 설명하는 자리를 마련하기로 했다. 그들을 안심시키고 그들이 맞닥뜨리는 심리적, 사회적 장애를 극복할 수 있도록 용기를 줄 필요가 있었으니까.

그 행사를 준비하는 동안 나는 모처럼의 기회이니 이 모임만큼은 여자들에게만 개방하는 게 어떨까 하는 의견을 제시했다. 그렇게 되면 참석자들이 좀 더 자유로운 분위기에서 허심탄회하게 말하고, 자신들이 느끼는 바를 남과 공유하고, 남자의 개입이나 충고로 의견 개진이 중단되는 일도 없으리라는 생각에서였다. 흔히 남성은 아무리 좋은 의도에서 하는 조언이라고 해도 여성이 주저하는 모든 이유를 충분히 이해하기 쉽지 않은 위치에 있으니 말이다. 나의 제안에 대한 반응은 매우 예의 바르지만 전적인 몰이해 그 자체였다.

지극히 좋은 의도로 그러한 모임에 동참하고 싶은 남자들 측은 물론, 여자들까지도 왜 남자를 배제해야 하는지 도저히 이해할 수 없다는 태도를 보였다. 그 순간

나 자신이 분리주의를 주장하는 미국 페미니스트들에게 쏟아지는 가장 볼썽사나운 이미지, 즉 남자들을 증오하고 그들을 상대로 끈질기게 전투를 벌이는 '섹스 전쟁'의 투사로서의 상투적인 이미지를 대표하고 있다는 인상을 받았다. 그리고 그 순간에 이토록 빈틈없이 결집한 집단의 진정한 일원이 될 수 없음을 깨달았다. 공동의 목표를 위해 행동하는 이 집단 안에서 문화적이면서 동시에 세대 차이라는 이중의 차이가 나를 타협의 여지랄 것도 없이 단호하게 주변부로 몰아내고 있었다.

내가 그들에게 전달해줄 수 있으리라고 여겼던 것들이 사실 그들로서는 받아들이기 어려운 것들이었다. 그들과 나 사이엔 우정이 싹텄고, 가족적이고 직업적인 경험을 공유하는 관계가 되었지만, 그렇다고 해서 내가 그들 속에 낄 수 있는 건 아니었다. 우리에겐 공통의 목표가 있었고 그것은 매우 중요한 도전이었으므로, 그래도 상황은 순조롭게 굴러갔다. 나는 계속 온 힘을 다해, 국민전선Front national* 을 누르고 에마뉘엘 마크롱이 당선

* 프랑스의 극우 정당.

되게 하려고 그들과 함께 일했다. 비록 골백번도 넘게 도망치고 싶은 마음이 들었던 게 사실이지만.

그리고 대통령 선거가 끝난 직후 그렇게 도망쳤다. 선거 캠프에서 일하는 몇 개월 동안 나는 책 읽기, 글쓰기, 영화, 그림, 연극, 무용, 여행 등 나의 삶에 의미를 주는 모든 것과 단절되어 살았다. 나 자신에게 없어서는 안 될 가장 기본적인, 인간의 창의력과 이 세상의 경이로운 아름다움을 상징하는 그 모든 것이 결핍된 상태로, 그것도 더는 허비할 시간이 없는 나이에, 참으로 오랫동안 잘 버텼다고 느꼈다. 이로써 나는 마지막으로 정치에 참여했고, 그 결과 앞으로 이 세상은 다른 방식으로 세상을 바라보는 다른 세대들에 속한다는 사실을 인정하지 않을 수 없었다. 그러니 이제부터 나는, 지금까지의 기나긴 경륜에도 불구하고, 공적인 영역에서의 은퇴를 기정사실로 받아들여야 할 터이다.

6

"나는 당신에게 아직 스무 살이 채 안 된 사람들은
알지 못하는 시대에 대해서 말하고 있다고요."

샤를 아즈나브르Charles Aznavour, 〈라 보엠 La Bohème〉

나는 타자기로 박사 논문을 완성한 사람이다. 그런데 오늘날은 어떠한가. 디지털 기기와 관련해 비밀번호를 적어놓은 목록만 해도 세 쪽이나 된다. 이런 표현들은 나와 동시대를 사는 사람의 평균적인 삶의 궤적을 묘사한다고 할 수 있다. 디지털 혁명은 나의 삶을 바꿔놓았다. 또한 내가 노화로 가는 여정을 가속화했다. 나는 마흔 줄에 접어들고 나서야 처음으로 컴퓨터를 장만했고, 그 때문에 생소한 컴퓨터 언어를 배우지 않을 수 없었다. 천만다행으로 이 길고도 주눅 들게 만드는 천로역정 가운데에서 애플이라는 구세주를 만났다(쌩큐 스티브 잡스).

덕분에 나는 신기술 분야에서 그럭저럭 까막눈 신세는 면했다. 그렇긴 해도 디지털 시대로 넘어가면서 물 만난 고기처럼 완전히 자유자재로 기기를 다루기란 언감생심이었다. 그저 가장 기본적인 기능만 습득했을 뿐.

처음엔 이 신세계를 진지하게 여기지 않았다. 그러다가 곧 압도당해버렸다.

클라우드, 페이스북, 트위터, 블로그, 왓츠앱, 페이스타임, 드롭박스, 두들, 인스타그램, 링크드인…. 나는 이 모든 새로운 언어를 생존을 위해 마지못해 최소한만 익혔을 뿐, 제대로 이해하고자 하지 않았으며, 학습을 거부했다. 세상을 지배하는 이 사회 연계망의 반복적이고, 자기도취적이며, 심지어 거짓말까지도 무한 축적하는 습성을 나는 견딜 수 없었다. 이런 나의 태도가 뿌리 깊은 반대 의사의 표명인지, 한심한 부적응의 결과인지, 그도 아니면 그저 피로감 때문인지 잘 모르겠다. 어쨌거나, 나는 자신이 살고 있는 세계에서 일어나는 엄청난 변화 앞에서 당황하여 어쩔 줄 모르는 늙다리 반동주의자 같은 태도를 취하는 내 모습에 적잖이 심기가 불편했다. 이래 봬도 젊은 시절엔 내로라하는 반항아로서 선배들을 시대에 뒤떨어졌다고 비난하면서 도발했던 나인데.

소위 '업데이트'라고 하는 것이 나에게는 불안감을 조성하는 무시할 수 없는 요인이었다. 업데이트는 끊임없이, 시도 때도 없이 닥쳤고, 그럴 때마다 나는 새로 닥친 것을 제대로 이해하기 힘들었으며, 그러니 그것들이 내 안에서 제대로 자리를 잡기도 어려웠다. 게다가 뭔가 잘못 이해하기라도 하면, 모든 체제가 다 헝클어질 우려도 적지 않았다. 정말이지 컴퓨터는 고역 중의 고역이었는데, 아마도 마흔 살 미만의 젊은 층이라면 이렇게 말하는 내 심정을 도저히 이해하지 못할 것이다.

신기술맹이라는 핸디캡은 또 다른 형태의 고립을 초래했으니, 그로 인하여 내가 현재로부터, 사회로부터, 나보다 나이 어린 친구들, 그러니까 '태어날 때부터 디지털족'인 이들로부터 배제당한 것이다. 연계망 밖에 있는, 다시 말해서 주제에서 벗어나 있는 나는 정치 또는 문화 관련 대화로부터 멀찌감치 비켜난 처지였다. 요컨대 나의 세계를 구성하는 중요한 부분으로부터 소외될 수밖에 없었다. 그러한 네트워크를 통해서 끼리끼리 공유하는 가족사진, 여행 사진들을 함께 감상하지 못했고, 그들 사이에서 돌아다니는 농담이나 기사들도 읽을 수 없었으니까.

나는 없어서는 안 될 긴요한 몇몇 사안 때문에 발목이 잡히기도 했다. 건강보험 카드나 세금 신고를 위해 컴퓨터 화면이 요구하는 내용을 이해하기 위해 몇 시간, 아니 며칠을 보내기도 했으니까. 이게 고립이 아니고 뭐겠는가.

　컴퓨터는 가장 내밀한 나의 적이지만, 사실 나에게 절망적인 위기일발 상황을 자주 촉발하는 것은 컴퓨터만이 아니다. 가령 텔레비전 시청을 위해서도 나는 셋톱박스와 DVD 재생기의 복잡하기 그지없는 작동법을 숙지해야 했다. 아주 사소한 문제라도 발생해서 그 문제를 해결하지 않을 수 없을 때면, 뭐가 뭔지 통 알 수 없어서 두려움만 자아내는, 굵기도 색도 제각각인 전선들이 이리저리 얽히고설켜서 만들어진 납득할 수 없는, 앙코르와트 사원들을 잠식해 들어가는 위협적인 나뭇가지 같은 덩어리 앞에서 망연자실하기 일쑤였다.

　내가 졌다 싶어 신경질적인 발작을 일으키려 할 때쯤, 나의 유일한 구세주는 손재주 좋고, 내겐 지옥 같은 기계들을 장난감 다루듯 친숙하게 다루어 놀라움을 선사하는 젊은 기술자뿐이다. 그 젊은 친구는 탄복을 자

아내는 인내심과 현실 감각을 겸비한 뛰어난 교수법을
발휘하여 단 몇 분 만에 문제를 해결한다. 내 짐작이 맞
는다면, 그 친구는 다음번에 나에게 똑같은 문제가 생
겼을 때 자신이 했던 과정을 내가 똑같이 반복하는 신
기를 발휘할 거라고 믿는 듯하다. 나는 출장을 끝내고
내 집을 떠나는 그가 '저 할머니는 사람은 좋아 보이는
데, 어쩌면 저렇게 말귀를 못 알아듣는담!'이라는 생각
을 하리라 상상하곤 한다.

　새로이 전개되어가는 오늘날의 사회에서, 나에게는
'탈물질화dématérialisation'가 가장 견디기 어려운 현상이
다. 말 자체도 벌써 냉랭하면서 어쩐지 병원 냄새를 풍
긴다. 탈물질화는 구체적으로 훨씬 고약한 현실을 뭉
뚱그려 가리키는 말로, 그 현실이란 뭔가 필요할 때 당
신이 말할 수 있는 상대가, 그러니까 물질로 이루어진
진짜 사람이 한 명도 없으며 전화 또는 다른 모든 형태
의 부름에 응답해줄 사람이 없다는 말이다. 그러니 각
자 알아서 화면 앞에 무섭도록 외롭게 혼자 앉아 어떻
게든 해야 한다. 모든 것이 자동화되었으므로, 내가 묻
고 싶은 질문이 1번을 누르세요, 2번을 누르세요, 3번

을 누르세요⋯ 등의 틀 안에 들어가지 않을 경우, 나는 꼼짝 없이 어찌할 도리가 없다. 설명해준다며 자꾸만 알지도 못하는 사이트로 나를 뺑뺑이 돌리는 빌어먹을 휴대폰으로부터 버림받은 서글픈 신세가 되고 마는 것이다. 행여 내가 뭔가를 바꾸려 하다가 단추를 잘못 누르기라도 하면, 난 그 즉시 벌 받을 각오를 해야 한다. 요행히 인간의 목소리가 전화를 받고 정보를 알려주는 경우도 드물지만 있긴 한데, 그야말로 기적에 가까운 일이기 때문에 그저 몇 번이고 번거롭게 해서 죄송하다는 사과의 말과 응답해주셔서 고맙다는 감사의 말을 반복한다.

비밀번호의 악몽은 그야말로 진정한 호러 영화에 버금간다. 비밀번호의 굽이굽이를 돌 때마다 나는 점점 더 혼란의 수렁 속으로 깊이 빠져든다. 아니, 어떻게 그 많은 비밀번호를 다 외운단 말인가? 단 한 개의 비밀번호만을, 간단하면서 외우기 쉽고 잊어버리지도 않으면서 모든 문을 열어주는 한 알의 참깨만 사용하고 싶은 유혹에 무릎을 꿇는 게 좋지 않을까? 물론 그렇게 하고 나면 해킹이니 아이디 도용, 계좌 정지 같은 또 다른 문제들이 생겨날 것이고 난 거기서 헤어나지 못하게 될 것이다. 더구나 그건 내가 결정할 수 있는 문제도 아닌 것이, 0&1xxpLw45++z처럼 철저하게 '보안되는' 비밀번호, 아무런 인간적 의미도 없고, 외울 수도 없으며 사이버공간에서 실종된 거대한 비밀번호 묘지에서 되찾을 가능성이라고는 0%인 요상한 암호를 좋은 예라고 제시하면서 정기적으로 비밀번호를 바꾸라는 지시를 내리지 않는가 말이다. 뭔가 아주 사소한 동작 하나를 하려 해도, 보이지 않는, 탈물질화한 권력의 가학적인 명령에 복종해야 하는 형편이니, 나는 나의 무지 앞에서 한없이 위축된다. 점점 더 쪼그라드는 세상에 갇혀버린다.

젊은 사람들은 이런 세상에서 능숙하게 항해한다. 모두 지름길을 꿰고 있으며, 숨이 멎을 정도로 빠르게 키보드를 두드린다. 젊은 사람들은 나에게 몇 시간씩 불안감을 안겨주는 것의 정체를 이해하지 못하며, 예전엔 기계음 외에 다른 대안도 존재했었다는 사실을 아마 상상조차 하지 못할 것이다. 그들은 얼마나 자기들에게만 속하는 세상, 그들의 선배들은 더는 뭐가 뭔지 통제하지 못하는 세상에서 그들이 살아가고 있음을 전혀 깨닫지 못한다.

이러한 고립무원 상태를 제일 잘 묘사한 작품은 아마도 아니 에르노Annie Ernaux*의 소설《세월》이 아닌가 싶다.

"우리는 DVD 재생기로, 디지털카메라로, MP3로, ADSL**로, 평면 화면으로 넘어갔다, 우리는 쉬지 않고 넘어갔다. 더는 넘어가지 않는 것, 그건 곧 늙는 것이다. 피부에서 마모의 표시가 드러나고, 그 마모가 드러날 듯 말 듯 몸 전체로 스멀스멀 퍼져나가는데, 이 세상은 그러거나 말거나 우리 머리 위로 날마다 새로운 것을 쏟아붓는다. 우리의 마모와 이 세상의 진행은 반대 방향으로 달린다. 신기술의 출현으로 우리가 제기하게 되는 질문들은 많은 사람이 자연스럽게, 별다른 생각 없이, 이 신기술들을 사용하게 되는 가운데 저절로 차례차례 소멸된다. 컴퓨터나 디지털 워크맨을 사용할 줄

---

* 1940~ , 프랑스의 소설가로 국내에서는 《세월》 외에 《단순한 열정》《부끄러움》《빈 옷장》《사건》 등이 번역 소개되었다.
** 기존 전화선을 이용해 컴퓨터가 데이터 통신을 할 수 있게 하는 통신수단.

모르는 사람들은 전화기나 세탁기를 사용할 줄 모르는 사람들이 그랬던 것처럼 점점 사라져간다."

오늘날 이러한 신기술을 능숙하게 다루지 못하는 나이 든 사람들은, 나처럼 이 새로운 세상의 밖으로 추방당하며, 유행에 뒤떨어진 모든 것의 운명이 그러하듯 자취를 감추도록 종용받는다. 디지털 시대, 각종 알고리즘, 세계를 지배하는 새로운 질서체계, 밖으로 거칠게 표출되는 증오, 대중영합주의, 우리 스스로 파괴해가는 지구, 우리의 삶에 영향을 주는 모든 현상의 가속화 등, 내가 아무리 "난 이처럼 악몽 그 자체인 미래의 수렁 속으로 완전히 빨려 들어가기 전에 죽을 거야"라고 혼잣말을 해가며 스스로를 다독여보아도 다 소용없다. 모든 건 너무도 빨리 변하기 때문에 확신할 수 있는 것이라곤 하나도 없다. 나는 인생의 막바지에 접어들어 이 사회, 우리가 이미 한 발은 들여놓은 이 미래 사회에서 장애인으로 여생을 보내게 될까 봐 두렵다.

젊은이들이 살기 힘들어하고 있다. 그건 나도 잘 아는데, 그 친구들은 다른 형태로 사는 방식이라곤 경험하지 못했고, 점점 더 감당하기 힘들어지는 급격한 변화도 겪지 않았다. 나는 이제 퍼머컬처permaculture•에 종사하겠노라며 브르타뉴 지방으로 떠날 나이는 지났다. 나는 늘 신랄한 사람은 되지 않겠다고 다짐해왔다. 그런데 어느 날 아침 이렇게 겁쟁이가 되리라고는 한번도 생각해보지 않았다. 내가 세상을 이해하지 못하게 되고, 그 세상 밖으로 조금씩 조금씩 밀려나게 되리라고도 물론 상상하지 못했다. 나는 어떻게 해야 수동성과 위축, 자발적 폐쇄 같은 것에 대한 두려움과 맞설 수 있는지 잘 모르겠다. 지금도 벌써 나는 날마다 조금씩 더 옥죄어오는 신체적이고 물질적인 제한을 받아들일 수밖에 없는 처지이다. 충분히 이해하고 행동하려면 반드시 기울여야 하는 노력 앞에서 내가 포기하고 항복할까 봐, 그냥 움츠린 채로 살고 싶은 욕망에 백기 투항하게 될까 봐 겁이 난다. 또 내 나이엔 현실을 외면해도 괜찮다고, 새로 비밀번호를 만들고 외워야 하는 시대의

• 일본 농부 후쿠오카 마사노부가 창시한 자연농법에서 영감을 얻어, 생물 다양성을 최대한 존중하는 가운데 생태계를 창조하려는 농업의 한 콘셉트.

요구 앞에서 슬쩍 고개를 돌려도 용서가 된다는 식으로
자신을 합리화할까 봐 두렵다. 결국 모든 소통을 단념
하게 될까 봐 무섭다.

7

"남자들은 여자들을 바라본다.

여자들은 그렇게 바라보이는 자신들을 바라본다.

이러한 사실은 남자와 여자 사이에 맺어지는 관계의 대부분을

결정할 뿐 아니라 여자가 여자와 맺는 관계까지도 결정한다.

여자의 내부에 있는 관찰자는 남성적이고,

관찰되는 자는 여성적이다. 이렇듯 여성은

스스로 대상이 된다 ─ 좀 더 명확하게 말하자면

시각적 대상, 즉 이미지로 변한다."

존 버거John Berger, 《다른 방식으로 보기Ways of seeing》

목욕을 마치고 나오면서 거울 속에 비치는 모습을 바라보기 민망할 때가 있다. 늙어가면서 사람들은 뚱뚱해지거나 마르거나 둘 중 하나인 듯하다. 나는 후자 쪽이다. 평생 체중이 불어나지 않도록 각별히 신경을 쓴 난데, 이렇게 아무런 노력 없이도 마른 몸이 될 수 있으리라곤 전혀 예상하지 못했다. 마른 몸이라니? 그 정도가 아니라 앙상할 정도이다. 엉덩이에 잡히는 주름을 보면 선사시대에 살았던 어떤 동물이 떠오른다. 축 처진 팔뚝 피부 탓에 뼈와 가죽만 남은 사람 같아 보인다. 난 솔직히 예쁜 축에 드는 여자는 아니었지만, 그래도 탄탄하고 유연한 근육이 있었다. 그런데 지금은 근육 손실을 막겠다고 아무리 노력을 해도, 물컹하기만 하다. 통통하게 살이 찐 여자들은 이런 문제가 그다지 심각하게 드러나지 않는다. 어느 날 친구 하나가 이런 말을 했다. "그거 알아? 우리와 젊은 사람의 차이는 피부야, 피부!" 친구 말이 완전히 틀린 건 아니다.

　이러한 변화는 은연중에 일어났으므로, 난 일이 벌어지고 있음을 눈치채지 못했다. 어느 날인가는 수영복을 입고도 마음이 편했는데, 다음 날이 되자 수영복을 입는다는 것 자체가 고문처럼 여겨졌다. 어느 날인가는 손가락에 새로 장만한 반지를 끼고 감탄해 마지않았는데, 다음 날이 되자 손등에 군데군데 피어난 검버섯과 퇴행성관절염으로 뒤틀어지기 시작한 손가락만 눈에 들어왔다. 그 여름에 나는 여느 때보다 훨씬 주의 깊게 길에서 마주치는 사람들의 몸을 살폈다. 특정한 나이에 이른 남자들은 배가 불룩해지기 시작했고, 허리띠 위로 심하게 튀어나온 배들도 눈에 들어왔다. 여자들은 일반적으로 훨씬 몸매를 잘 유지하는 편이었다. 외모를 위해 많은 시간과 돈을 투자하는 데다, 화장이며 세심하게 잘 고른 의상을 활용해서 몸매가 아닌 다른 곳으로 시선을 돌리는 수완을 발휘했다. 늙은 몸을 보여준다는 건, 남성의 몸에는 그다지 신경 쓰지 않으면서 여성에 대해서는 외적인 아름다움과 젊음을 높이 치켜세우는 우리 사회에서 용납되지 않는 일이므로.

　나는 벌써 오래전부터 긴 소매만을 고집해왔다. 예전 같으면 썩 잘 어울렸을 법한 옷들을 더는 살 수 없어 애통하지만 어쩌겠는가. 그게 아니면, '시니어'나 '어르신', '인생 선배'—아, 나는 이런 말들을 참을 수 없다—는 딱 봐도 반기지 않는 내색이 확실한 동네 피트니스 어디 한 곳에 가서 시끌벅적하게 운동하는 젊은 청춘들 사이에 끼어 매일 역기를 들어야 할 판이니. 겨울엔 그래도 좀 수월하다. 모두 겹겹이 껴입으므로 일정 수준의 평등이 보장되니까. 나는 발이 아파서 구두를 고르는 데 애로 사항이 많다고 불평하는 나이 든 여자들을 언제나 우습게 여겼다. 나는 즐거운 마음으로 하이힐을 애용해왔고, 예쁜 구두 수집에도 열을 올렸다. 그런데 이렇게 애석할 수가. 내 발 또한 모양이 이상해지더니 결국 신체적으로도, 미적으로도 문제가 생기고 말았다. 그 때문에 여름이면 무지외반증 탓에 툭 불거져 나온 발을 드러내는 샌들 착용을 더는 고집할 수 없게 되었다. 무지외반증은 피할 수 있는 여자가 거의 없을 정도로 널리 퍼진 고질이다. 겨울이라고 해서 나을 것도 없다. 이제 앞코가 뾰족하고 굽이 높은 킬힐은 발이 너무 아파서 신을 수 없기 때문이다. 요즘엔 그래도 농구화나 슬립온이 유행이라 쓰라린 마음을 다소나마 위로해주지만 말이다.

늙는다는 건 결국 이런 걸까? 다른 사람들, 그러니까 남자들이나 젊은 사람들의 눈에는 보이지 않는 존재, 투명인간이 되었음을 인정해야 할 뿐 아니라 더 나아가 스스로를 숨김으로써, 자신의 몸과 주름을 감춤으로써, 이 보이지 않음이라는 특성을 한층 더 완벽하게 만드는 것이 늙음인 걸까? 오로지 서른 살쯤 덜 먹은 사람들에게는 어울리지 않는 상품을 찾기 위해 백화점에서 너무도 많은 시간을 보내야 하는 것이 늙음인 걸까? 언제까지 '여성성'을 드러내는 (인위적인) 외모를 유지하기 위해 편안함을 거부해야 하며, 완전히 임의적인, 아니 그 정도가 아니라 내놓고 유해하기까지 한 사회 통념이 원하는, 예뻐지기 위한 고통을 참아야 한단 말인가?

나는 갑작스럽게, 그 여름에 늙음을 보았다. 제일 먼저 나 자신의 늙음을. 그리고 주변 곳곳에 널려 있는 다른 사람들의 늙음을. 나는 남녀 배우들, 영예가 절정에

달했던 몇 년 동안 아름다움으로 찬란하게 빛나던 그 배우들이, 오늘날 거의 희화적이다시피 변한 모습으로 계속해서 과거의 영광에 매달리고, 여전히 대중 앞에 서고자 안간힘을 쓰는 모습을 받아들이기 힘들다. 내가 기르는 작은 개조차도 몇 년 전에 찍은 사진에서처럼 더 이상 젊고 활기차고 기운이 넘쳐 보이지 않는 것이 가슴 아프다.

나는 항상 다른 사람들의 시선이나 판단 따위의 노예가 되지는 않겠다고 다짐해왔다. 젊었을 땐 사회가 강요하는 명령 같은 건 거부하겠노라고 맹세했다. 그런데 이제 솔직히 고백해야겠다. 지난 몇 해 전부터인가 나는 내 모습 그대로를 받아들일 용기가 나지 않는다. 이러한 태도는 일종의 자기 검열에 해당한다. 정말이지 나는 나 자신에 대해 크게 실망하는 중이다.

8

"자매들끼리의 연대는 강력하다."

글로리아 스타이넘Gloria Steinem, 《미즈Ms.》

나와 같은 세대의 반항아들이 스스로 '역사에 나오는 페미니스트' 대열에 들어섰음을 인정하기란 몹시 힘든 일이다. 나는 때때로 우리가 투쟁을 통해 얻어낸 대대적 사회 변화의 덕은 볼 대로 다 보면서, 그렇게 되기까지 우리가 위대한 전진을 이루어냈다는 사실은 까마득히 잊은 채 우리를 비난하는—때로는 정당한 비난인 경우도 물론 있다—여자들에 대해 방어적 태도를 보이는 나 자신을 발견하고 놀라곤 한다. 우리 세대가 1970년대에 가부장제의 정글을 헤쳐가면서 다져놓은 길의 혜택을 톡톡히 본 젊은 여성들에게 '페미니즘'은 이미 시대착오적인 단어가 되어버린 이 시대에 말이다. 따지고 보면 우리의 투쟁 덕분에 그들이 모든 것을 운명인 양 받아들이는 대신 자신의 실존을 당당하게 요구할 수 있게 된 것이 아닌가.

그 시대를 직접 겪지 않은 여자들에게, 내가 그들 나이였을 때 정신 못 차리게 빠른 속도로 솟아오르던 인식의 힘을 어떻게 설명할 수 있을까?

1969년 나는 당시 캠퍼스 내에서 열리던 모든 '의식화consciousness-raising' 모임에 빠짐없이 참석했는데, 이러한 모임들이야말로 여성운동의 토대가 되었다고 할 수 있다. 우리는 일주일에 몇 차례씩 우리가 '해방시킨' 강의실이나 참석자 중 한 명의 허름한 아파트에 모였다. 대화는 페미니즘과 관련하여 읽은 책들을 중심으로 이어졌으며, 그 책들은 날이 갈수록 많아졌다. 너무 짧은 스커트를 입었거나 저녁에 술을 너무 많이 마셨기 때문에 강간이 발생한다고만 생각했던 나는 그 시절에 수전 브라운밀러Susan Brownmiller가 쓴 책 《우리의 의지에 반하여Against Our Will》를 읽고 엄청난 충격을 받았다. 수전 브라운밀러는 여성에 대한 남성의 욕망을 동기로 삼는 강간의 고전적 정의를 문제 삼는다. 그러한 정의에 따르면, 자주 여자 자신이 "강간에 빌미를 제공했으므로", 그런 여자는 당해도 마땅하다는 식이다. 여기에 대해서 브라운밀러는 강간은 욕망의 문제가 아니라 겁을 주고 권력을 과시하는 무기로 작용한다면서, 그 같은 무기를 이용한 줄기찬 위협은 설사 무의식적이라고 할지라도 여성에 대한 지배로 이어진다고 설명한다. 이런 생각은 하나의 계시로 다가왔다. 그때까지 나는 우리 여자들에게 죄책감을 안겨주고, 스스로 "희생자임을 자처한다"고(그랬다, 당시에 나는 그렇게 말하곤 했다) 우리 자신을 손가락질하게 만드는 가부장적 논거를 별 뜻 없이 수용해왔던 것이다.

가끔 토론이 엄격하게 학구적이고 지적인 영역을 벗어날 때면, 여전히 귀담아듣기는 하면서도 적극적으로 참여하지는 않았다. 그날 저녁, 토론 주제는 '질 오르가슴이라는 신화'였고, 따라서 클리토리스의 발견과 찬미가 주된 화제였다. 이러한 설명은 그동안 스스로 성불감증이라고 믿었던 친구들을 안심시켜주었다. 그도 그럴 것이 우리는 우리 자신의 몸에 대해 너무도 아는 것이 없는 나머지 모든 성생활과 여성의 성적 욕망을 지배하는 것은 오로지 질 삽입뿐이라고 믿어왔기 때문이다.

영화나 소설에서 남자들이 여자의 몸 안으로 삽입을

시도하면 그 아래 깔려 있던 여자가 황홀한 표정으로 신음 소리를 내는 장면을 잘 이해하지 못했던 나도 비로소 그 이유를 어느 정도 알 것 같았다. 나는 그제야 이런 식으로 쾌감을 맛보는 여자들은 소수에 불과하다는 사실을 배웠다. 아니, 좋게 말해서 그렇다는 것이고, 실제로 많은 여성은 삽입 과정에서 쾌감을 맛보기보다 오히려 죄책감이나 수치심을 느끼는가 하면, 비정상적이라고 느끼기까지 한다는 것이다. 나는 몹시 당황스러웠다. 오래도록 소홀히 다뤄온 여성의 성생활이 바야흐로 나를 포함한 여성들에게 각자의 몸을 알게 해주는 건 물론이고, 더 나아가 자신의 진정한 욕망을 이해하고 화답하도록 이끌어줄 터였다. 오래도록 기억에 남을 이날 저녁의 모임이 끝났을 때, 몇몇 친구가 다음 번 모임에서는 실전 연습을 해보자고, 그러니까 우리 자신의 클리토리스를 눈으로 확인하고, 자위하는 법을 익혀보자고 결정했다. 이 대목에서 나는 전의를 상실했다. 보란 듯이 과격한 행동도 마다하지 않았음에도 속으로는 내내 소시민적 사고방식을 답습하고 있던지라, 차마 그런 모임에 참석할 깜냥은 되지 않았던 것이다.

우리가 정독하던 페미니스트 작가들은 자주 유머 감각이 없다는 비난을 받기도 했으나, 때에 따라선 경이로울 만큼 신랄한 풍자 능력으로 즐거움을 선물했다. 우리는 글로리아 스타이넘의 에세이 《남자들이 월경을 한다면If Men Could Menstruate》을 읽으며 눈물이 나도록 웃었다. 배꼽 빠지도록 웃기면서 동시에 아이로니컬한 겉모습 뒤에 예리한 교훈을 담고 있는 글이었다. 이 패러디 작품에서 저자는, 갑자기 월경이 남자들의 전유물이 된다면 어떻게 될지를 상상하며 전통적인 남녀 역할을 완전히 뒤바꿈으로써 여성의 달거리를 약점이나 질병, 비밀, 수치, 심지어 신화적 저주로 연결시키는 부정적인 사회적 편견을 폭발시킨다. 별안간 월경은 영광스럽고, 남들의 부러움을 사며, 사회 전체가 나서서 후하게 상을 내리는 사건으로 변한다. 이 역할 뒤집기라는 전략 덕분에 비로소 그때까지 감겨 있던 두 눈을 크게 뜨게 되었으며, 나는 그 후로 줄곧 어떤 하나의 명분을 옹호하기 위해 이 같은 논거를 즐겨 제시하게 되었다.

가끔 새롭게 발견하게 되는 것들은 적잖은 놀라움을 선사하기도 했다. 가령 시몬 드 보부아르Simone de Beauvoir

가 1949년에 이미 이론화한 섹스와 젠더의 근본적 차이(우리는 여자로 태어나는 게 아니라 여자가 되어가는 것이다)의 발견을 대표적 예로 꼽을 수 있다. 이 콘셉트는 강력한 2차 페미니즘 물결이 도래하면서 젠더 이론의 구축과 재생산에 관련한 분석의 토대가 되었다. 마찬가지로 케이트 밀릿Kate Millet이 쓴 《성 정치학Sexual Politics》도 놀라운 발견이었다. 그녀는 사회에 의해서 강화된 가부장적 권력의 기만적 토대를 드러내 보임으로써 그것이 지닌 성적인 측면을 비롯하여 경제적, 정치적, 문학적 측면까지도 낱낱이 파헤쳤다. 문학 박사 학위 논문을 준비하면서 나는 그때까지 프랑스에는 잘 알려지지 않았던 그녀의 논거를 부분적으로 활용하여 내 논문의 뼈대를 구성하기로 결심했다. 브라운 대학에서 학위를 받던 날, 손에는 여전히 밀릿의 책을 들고 있었으니, 더 이상 무슨 말이 필요할까.

나는 밤늦도록 이어진 모임이 끝나면 거의 좀비가 되어 집에 돌아왔다. 뉴잉글랜드에선 이제 막 겨울이 시작되려는 참이라, 오후 4시만 되도 벌써 어둑어둑해졌고, 눈도 제법 많이 내렸다. 하지만 추위도 어둠도 내 발길을 주저앉히기엔 역부족이었다. 여자들끼리의 수다를 통한 해방감 덕분에 나는 마침내 생물학적 차이(흔히들 이를 가리켜 '자연적인' '태생적인' 차이라고들 한다)에 기반을 둔 지배적인 사고, 즉 생물학적 차이는 보편적으로 남성성과 여성성에 관한 경직된 정의를 정당화하며 이 둘—남성성, 여성성—사이의 서열을 결정 짓는다고 하는 사고의 맹점을 잡아낼 수 있었다. 페미니스트들의 글은 생물학적 차이가 존재하지 않는다는 말로 우리를 설득하려 하지 않는다. 다만 사회가 그 차이에 대해 인정해주는 값어치가 기만적임을 지적할 뿐이다. 잘못 매겨진 값어치가 여성들의 삶을 지배하고 있음을 고발하려 할 뿐이다.

매일 저녁, 나는 싸구려 와인과 끝없이 이어지는 대화, 우리가 자매 연대라고 부르던 정겨운 시간과 거리낌 없는 웃음에 취한 채 나의 작은 단칸방으로 돌아왔다. 늘 모든 걸 혼자 견뎌야 한다고 믿었던 나는, 우리는, 같은 경험을 공유했다. 기분 좋게 어리둥절했다. 마치 몇 시간 동안 정신없이 롤러코스터를 타기라도 한 것처럼.

우리의 항거 운동과 더불어 그 무렵 대학 캠퍼스는 여러 달 동안 줄곧 파업 상태였고, 당연히 나는 여러 달째 수업엔 코빼기도 비치지 않았다. 교수들이 폭포처럼 쏟아내는 말들을 믿을 수 없었다. 반면 교수들이 가르치지 않는 새로운 문학, 예를 들어 토니 모리슨Toni Morrison이 《가장 푸른 눈The Bluest Eye》에서 구사한 작열하는 글쓰기 같은 것을 발견해갔다. 이 책을 통해서 여성에게 이중으로 불리한 인종주의의 끔찍함을 통렬하게 인식했다.

나는 새로운 발견과 분노, 희망에 흠뻑 취했다. 그때 내가 선생이 되면 무엇을 전달해야 할지를 알게 되었다. 그리고 나니 나의 미래도 두려워했던 것만큼 무익해 보이지 않았다.

오래도록, '페미니스트'라는 말이 거의 모욕이 되어버릴 때까지, 나는 젊은이들에게 스무 살 무렵 내가 체제 전복적인 기나긴 저녁 모임에서 배운 내용을 성공적으로 전달하는 일에 매달렸다. 최근 몇 년 사이 사정은 달라졌고, 내 강의를 듣는 남녀 학생들이 비르지니 데스

팡트Virginie Despentes의 《킹콩 이론King Kong Théorie》*을 읽으면서 감동한다는 사실을 깨닫기 시작했다. 오늘날 젊은 여성들은 점점 더 자유, 몸, 일, 성적·감정적·직업적 선택을 확실히 자기 것으로 전유하고 있음을 나는 인정한다. 젊은 남성들은 전통적으로 '여성의' 책임이라고 여겨오던 짐을 훨씬 더 많이 나누어 진다.

우리가 예전에 목청껏 외쳐대던 담론들은 사이버 페미니즘이 대체했다. 사회 연계망, 블로그, 팬진, 웹진, 만화 등이 예전에 활성화되었던 우리의 집단 의식화 모임, 수많은 전단, 논문, 소책자, 필독도서 등의 자리를 차지했다. 이러한 현상은 비록 관심을 갖는 주제가 부분적으로 변했다고는 하나 그럼에도 나를 기쁘게 하며, 과거 우리가 보인 열성적 행동을 정당화한다. 요구 사항은 그 범위가 확대되어서 훨씬 광범위하고 포괄적이

---

* 2006년 프랑스에서 출판된 에세이로 이 책을 펴낸 그라세 출판사는 "뉴페미니즘의 선언문"이라고 평했다. 성매매, 강간에 얽힌 트라우마, 포르노그래피 등의 경험을 통해 현재를 살아가는 여성들의 성생활, 여성성의 근원에 대해 직설적으로 질문을 던지며 동시에 미래의 가능태로서의 여성성으로 탐구를 확장한다.

며 다양하다. 오늘날의 젊은 페미니스트들은 선배들과 마찬가지로 여전히 몸을 강조하며, 남성들의 욕망의 대상으로 살아가도록 교육받기를 거부하면서 자신들의 성생활에 관해 자율적으로 이야기할 권리를 요구한다. 이들은 강간 문화뿐만 아니라, 특히 #미투 운동의 거대한 물결 이후 모든 형태의 성추행을 고발한다.

젊은 여성주의자들은 여성 말살은 물론, 급여의 불평등에 대해서도 분연히 목소리를 높인다. 그들은 모든 여성에 대해 PMA(Performance Monitoring for Action 행동을 위한 역량 관찰 조사)**를 요구한다. 활발한 젠더 연구에 영향을 받은 젊은 페미니스트들은 성적 가변성을 위해, 성전환자들의 정체성 문제를 위해 열심히 활동한다. 그런 면에서 1960~1970년대에 우리가 치렀던 전투를 재개하여 훨씬 강력한 힘으로 밀어붙이고 있으며, 이

** 모바일 기기를 활용한 서베이로 아프리카의 부르키나파소, 코트디부아르, 콩고민주공화국, 에티오피아, 케냐, 니제르, 나이지리아, 우간다, 아시아의 인도에서 시행되며 가족계획, 수질, 위생 등에 관해 조사한다. 2013년에 처음 실시된 이후 6개월에서 12개월을 단위로 정기적으로 이루어지고 있다.

미 획득한 권리―비록 끊임없이 도전을 받고 있다 할 지라도―를 지키는 한편, 새로운 권리를 더하고자 분 투한다.

50년이 지난 지금, 낙담에 낙담을 거듭하며 황폐한 사막을 가로질러야 했던 그 50년의 세월을 돌아보자니, 나의 생각과 젊은 시절의 투쟁이 계승, 발전되고 있다 는 사실 앞에서 행복하다. 그렇지만 늙는다는 것은 이 미 구태의연해진 논리 속에 다시금 몸을 던지지 않고, 대신 젊은이들에게 자리를 양보할 줄 아는 것이기도 하 다. 이제 나는 사회 연계망을 통해서 벌어지는 모든 논 쟁을 따라갈 기력도 없거니와 그 많은 블로그를 다 찾 아 읽을 힘도 없다. 게다가 더는 적절한 혈기와 명확성 을 구사해가며 새롭게 부상하는 몇몇 도전의 중요성에 대해 설명할 수 있다는 확신이 들지 않는다. 내가 두려 워하던 만큼 우리가 뒷걸음질 치지 않았다는 사실에 기 쁜 건 사실이지만, 이제 그러한 현안에 너무 가까이 있 는 동시에 너무 멀리 떨어져 있는 처지가 되었다.

이번엔 젊은 남녀 페미니스트들이 앞장서야 한다. 그 들이 나설 차례이다. 내가 늙은이가 되어버린 그 여름

이후, 나는 참여 지식인, 행동대원의 자리는 내려놓고
연대 의식을 공유하는 관찰자로서의 역할을 받아들여
야 마땅하다. 과거에 치른 전투가 나를 구축했다. 그 전
투가 지난 몇십 년 동안 나를 구조화했으며 나로 하여
금 오늘날 내가 알고 있는 모습의 여성이 되도록 지지
해주었다. 나는 그 모습에 여전히 매우 큰 애착을 느끼
지만, 이제는 나 아닌 다른 사람들이 바통을 이어받아
투쟁에 나서게 될 것이다.

9

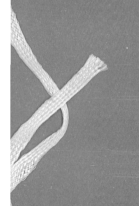

"아! 한때는 내가 정말 젊었지."
마르그리트 뒤라스 Marguerite Duras, 《히로시마 내 사랑》

"그날들은 갔다네, 친구들이여.
우리는 그날들이 결코 끝나지 않을 거라고 생각했건만."
진 래스킨 Gene Raskin, **메리 홉킨**Mary Hopkin

나는 쉽게 향수에 젖는 사람이 아니다. 감상적인 거라면 그게 뭐든 불편하다. 나는 항상 그런 종류의 감정과는 거리를 두려고 애써왔다. 내가 보기에 그런 건 나약함의 표시에 불과하니까. 하지만 그 여름에 처음으로 그런 감정을 아주 강력하게 맛보았다. 스무 살 시절의 그때가 부지불식간에 나를 덮친 것이다.

나와 같은 세대에 속하는 많은 사람들이 그렇듯이, 나도 1960년대, 1970년대에 관해서라면 지워지지 않는 강력한 인상과 서정적인 추억을 안고 있다. 이 시기는 마치 내 안에서 길고 그늘진 길 가운데 빛나는 하나의 중심처럼 각인되어 있다. 아마도 이 시기에 일어난 일들이 인생의 반항에 나름의 의미를 부여하기 때문일까. 암튼 이 시기는 나에게 매우 중요한 전환기였으며, 지적이고 실존적인 여정에서 새로운 방향으로 나아가는 표지판 역할을 했다. 나를 변화시킨 이 몇 년의 세월이 새겨 놓은 수많은 흔적들, 최고일 수도 있고 최악일 수도 있는 그 자취들을 나는 지금까지도 간직하고 있다. 그 시절로부터 격렬하게 등을 돌려버리고서는 아무것도 바꾸지 못한, 아니 모든 것을 바꾸었지만 결과적으로 더 나쁘게 망쳐놓은 시절이었다고 말하는 사람들의 견해가 무척 유감스럽다.

　나는 이 몇 해를 미국 동부 해안의 한 대학에서 보냈다. 이 시대를 준비하는 음악의 씨앗은 모타운Motown, 오티스 레딩Otis Redding, 아레사 프랭클린Aretha Franklin, 슈프림스les Supremes, 리치 헤이븐스Richie Havens 등과 1960년대의 저항 노래들(피터, 폴 앤 메리Peter, Paul and Mary, 존 베즈Joan Baez, 주디 콜린스Judy Collins, 밥 딜런Bob Dylan 등)이 이미 착실하게 뿌려두었다. 동시에 변화하는 세상을 보여주는 진정한 의미에서의 첫 상징물들이 쏟아져 나왔다. 영화 〈이지 라이더Easy Rider〉는 1960년대 반동적인 세력과 반문화 세력 사이의 전쟁을 알렸고, 〈졸업Graduate〉은 젊은이들의 소외 현상을 다루었다. 무엇보다도 전기 충격처럼 짜릿하고 야수처럼 맹렬한 음성의 위대한 새니스 조플린Janis Joplin이 있었다. 그녀는 동료 뮤지션 지미 헨드릭스, 짐 모리슨과 더불어 우리에게 많은 것을 주고는 스물일곱 살에 스스로 목숨을 끊었다. 그의 삶과 분노, 때 이른 죽음은 오래도록 나를 사로잡았다.

하지만 뭐니 뭐니 해도 제일 동질감을 맛본 작품은 눈치 보지 않는 당돌함으로 관객들을 흥분과 열정의 도가니로 몰아넣는 뮤지컬 〈헤어Hair〉였다. 거기에 나오는 도발적인 가사의 노래들을 반복해서 들었고, 감미로운 노래들의 리듬에 맞춰 미친 듯이 춤을 추면서 너무 좋아 어쩔 줄을 몰랐다. 내가 마치 공연(훗날 영화로도 제작되었다)에 등장하는 인물이라도 된 것 같은 기분이었다. 그러나 매번, 나의 긴 머리 우상들과 마찬가지로 나 또한 완전히 무력감만 느껴야 했던 베트남 전쟁의 실상과 관련한 모든 것이 그러하듯, 비극적 종말 때문에 눈물을 쏟아야 했다. 제국주의 전쟁은 베트남뿐만 아니라 칠레와 아르헨티나, 캄보디아 등지에서도 권력을 맹신한 지역 독재자들—이들은 실제로는 미국의 손아귀에서 놀아나는 꼭두각시에 불과했다—과의 합작으로 맹위를 떨쳤다.

티머시 리어리Timothy Leary*는 "깨어나라, 접속하라, 너 자신을 맡겨라Turn on, tune in, drop out"라는 유명한 슬로 건을 부르짖었으며, 우리 모두는 그의 명령을 따랐다. 각자 자기만의 방식으로. 마약이 되었든, 음악이 되었 든, 섹스가 되었든, 반정부 시위가 되었든.

그 당시 위험천만하다고 여겼던 나의 행동은 오늘날 의 눈으로 보면 거의 천진한 수준이다. 제대로 읽지도 않으면서 빨간 표지의 《마오쩌둥어록毛主席語錄》을 주 머니에 넣어 가지고 다녔다. 또 남녀를 막론하고 마약 을 하는 사람들과 어울려 다녔건만, 해시시도 마리화나 도 내게 인위적 낙원의 혁명적 중요성을 납득시키는 데 에는 성공하지 못했다. 게다가 나는 LSD**를 시도해볼 만큼 대범한 축엔 들지도 못했다.

그 때문에 정기적으로 일기장에 편치 않은 마음을 털어놓곤 했는데, 출생 계급에서 유래한 특권이자, 그

당시 표현대로, '부르주아적인' 불안감에 지나치게 관대한 나에 대한 비난이 주된 내용을 차지했다. 나는 마르크스Karl Marx, 체 게바라Che Guevara, 버트런드 러셀Bertrand Russell, 저메인 그리어Germaine Greer 같은 작가들이 내놓는 사회 분석이며 말콤 X의 저서, 에이드리엔 리치Adrienne Rich의 시들에 푹 빠져서 살았다. 모두 당시 나에겐 세상의 전부였던 반문화계의 전설적인 인물들이다.

그렇긴 해도 주변에선 언제나 축제가 벌어졌다. 친구들과 매일 밤 춤을 추었는데, 대개 불과 몇 살 정도 더 먹은 젊은 교수들과 어울리는 자리였다. 젊은 교수들은 당시 밀려온 성 해방의 물결에 취해 지나치게 관습적인 아내들을 버리고 훨씬 개방적인 여학생 제자들에게로 눈길을 돌렸다. 이해하기 어렵게 변해가는 사회로부터 따돌림을 당한 '늙은' 교수들에게는 해시시를 잔뜩 넣어 구운 브라우니를 그들의 연구실 앞에 가져다 놓거나, 편지함에 지상에서 유배당한 자들에 관한 혁명적인 문구나 양성애자의 성 해방과 관련된 에로틱한 구절들을 넣어두는 식으로 괴롭혔다.

그러고는 베트남 전쟁에서 전사한 한 미국 병사의 이름이 적힌 플래카드를 목에 걸고서 수십만 명의 젊은이들과 함께 워싱턴으로 시위하러 가는 나 자신을 몹시 자랑스럽게 여겼다. 나는 온갖 정치 구호와 노래에 헬멧과 곤봉, 최루탄으로 무장한 경찰대 앞에서 보란 듯이 흔들어대는 꽃에 취했다. 모르는 남자 또는 여자와의 기약 없는 사랑에도 취했다. 이 낯선 사람들은 말하자면 내가 그토록 주장해온 성 해방을 몸소 실천하고 있음을 입증해주는 살아 있는 증거였다. 요컨대 나는 날마다 거대한 집단 잔치에 참가하는 것 같았고, 우리에게 낡은 세상을 바꿀 역량이 있다는 환상이 주는 흥분으로 고조되었다.

용광로처럼 끓어오르던 이 몇 해 동안, 나는 말하자면 혼돈 그 자체로서의 젊음을 고스란히 드러내 보이는 일종의 교복, 즉 공부를 많이 한 식자층의 상징 같은 작고 동그란 금속테 안경에, 잉여 군수 물자로 빼돌린 군복과 인도식 튜닉, 술 달린 조끼, 목이 올라오는 마오식 셔츠, 끄트머리에 '피스 앤드 러브'라는 글자가 새겨진 장식을 단 목걸이 등을 걸치고 다녔다. 물론 발은 당연히 맨발이었다. 정확하게 기억이 나지 않는 무슨 이유 때문에선가 히피들은 신발 신기를 거부했으니까. 우리는 귀걸이는 하지 않았는데, 시위 도중에 누군가가 잡아당길 위험이 있어서였다. 또 늘 스카프를 두르고 다녔는데, 〈우리 승리하리라We Shall Overcome〉라는 노래를 부를 때나 주먹을 불끈 치켜들며 "민중에게 권력을Power to the People!"이라는 구호를 외치다가 최루탄 공격이라도 받게 될 때를 대비하기 위해서였다.

당시엔 '나'라는 주어는 어디론가 사라지고 항상 복수인 '우리'가 그 자리를 대신했다. 이렇듯 집합적이면서 강한 연대 의식으로 뭉친 거대한, 심지어 전 세계적이기까지 한 파도 덕분에 우리는 새롭고 흥분되는 자유와 이동성을 발견했다. '길을 떠나라 잭!Hit the Road Jack!'이 우리를 움직이는 주문이었다(레이 찰스는 아마도 뜻하지 않은 방식으로 그의 히트곡을 활용하는 우리를 보고 적잖게 놀랐을 것 같다).

머나먼 나라들도 얼마든지 접근 가능했는데, 값싼 전세 비행기들과 유스호스텔, 무엇보다도 히치하이크 덕분이었다. 우리는 엄지손가락만 한 번 까딱하면 세계

어디든 갈 수 있었다. 그때만 해도 자동차 운전자들은 차를 태워달라는 장발에 군복을 걸치고 배낭엔 평화의 상징을 매단 젊은이들, 그들의 자식뻘 되는 이 방랑자들을 무서워하지 않았다. 그때까지는 우리 자신도 아직 〈이지 라이더〉의 충격적인 결말을 진지하게 생각하지 않았으며, 언제든 위험을 감수하겠다는 자세로 일관했다. 지금 생각해보면 어림없는 짓이었다. 어쨌거나 모든 건 대체로 순조로웠다. 우리가 오가는 길은 곧 누구나 오갈 수 있는 길이 되었다.

길 위에서 전 세계 곳곳으로부터 몰려온 젊은이들을 만나 친구가 되었다. 정해진 목적지도 없이 그저 떠나기 위해 학업이나 직업을 중단한, 어떤 의미에서는 떠나기 위해서 떠나는 진정한 여행자들이었다. 더러는 마하리시 마헤시 요기Maharishi Mahesh Yogi를 만나겠다며 비틀스를 따라 인도에 갔다가 돌아오기도 했고, 마약과 영성의 장소―또 그들의 바닥 난 주머니가 허락하는 여행지이기도 했다―카트만두와 네팔 방문길에 오르기도 했다. 그런가 하면 선사에서 부동자세를 유지하는 선 체험을 하겠다며 일본 여행길에 오른 청춘들도 있었다.

이스라엘의 집단농장 키부츠, 쿠바의 사탕수수 농장 추수 체험 등도 심심치 않게 등장했다. 우리는 대마초를 약간 피워보기도 하고, 온갖 언어로 부모들로부터 물려받은 전통적이고 숨 막히는 삶으로부터의 해방에 대해 대화를 나누기도 했으며, 평화 신봉주의자로서 치른 시위 경험도 주고받았다. 인종차별, 인간혐오, 성차별, 자본주의 등에 대해서라면 입에 거품을 물고 그 해악을 고발했다. 어디를 가든 기타를 가진 사람이 한두 명은 있었으므로, 자연스럽게 모두가 공유하는 노래를 목청껏 부르기도 했다. 계절에 따라 가볼 만한 곳의 정보를 교환하기도 했고, 여종업원을 채용하는 그리스의 호텔, 가장 싼 값에 시베리아 횡단 철도나 아프리카까지 가는 크루즈 표를 구하는 방법 등을 귀뜸해주기도 했다. 여정에 따라, 목적지에 따라, 거의 즉흥적이다시피, 새로운 커플이 탄생했다가 해체되는 건 다반사였다.

이 나이가 되어 그때를 생각해보면, 당시 혼자 세계를 여행하는, 땡전 한 푼 없는 (게다가 맨발의) 젊은 여성인 내가 얼마나 무분별하고 경솔했는지, 그저 기가 찰

뿐이다. 나는 여러 차례 강간당할 뻔한 위기를 넘기기도 했다. 마드리드에서 세비야까지 차를 태워주었던 스페인 트럭 운전기사며, 텔아비브에서 하이파까지 차편을 제공해준 이스라엘 군인에게, 아테네의 한 유스호스텔에서 그리스 TV를 통해 인간의 달 착륙 장면을 지켜본 후 잠을 자던 중 같은 곳에 묵은 영국 약쟁이에게 당할 뻔했다. 키예프에선 아주 잠깐이지만 체포되기도 했다. 당시 여행 허가증이 없었던 나는 모스크바를 벗어나면 안 되는 처지였는데도 기어코 그곳에 갔던 것이다. 워싱턴에서도 맨발로 오토바이를 탔다는 이유로 경찰에 붙잡혔다. 물론 모든 것이 언제나 다 이상적이었다고 말할 수는 없다. 겁을 먹을 일도 있었고, 공격을 당하기도 했고, 병이 나기도 했으니까. 때로는 돈이 떨어지거나 너무 춥거나 너무 더웠고, 자식 걱정으로 노심초사하는 부모님들과 연락을 할 수 없는 상황에 놓이기도 했다. 수상한 사람들에게 고용이 되기도 했고, 가톨릭, 이슬람, 유대교 국가들에서는 우리를 바라보는 곱지 않은 시선도 견뎌야 했으며, 어느 모로 보나 완벽한 부르주아 분위기를 풍기는 대도시에서는 노골적으로 우리를 질타하고 거부하는 분위기도 감내해야 했다. 그러다보니 이따금씩 비극적 사건도 발생했다. 가령 여학생들이 성폭행을 당하는가 하면, 마약 과다 복용으로 숨지는 남학생들도 있었다. 그럼에도 우리는 새로운 사회의 선구자요, 개척자였으며, 그렇기 때문에 스스로 난공불락이라고 믿었다.

그로부터 몇 년 후, 우리는 모든 것을 깨끗이 정리하고 기존 질서 속으로 걸어 들어가야 했다. 선구자요, 개척자로 살자니 늘 고단하고, 수중엔 돈 한 푼 없는 생활의 연속이었으므로. 우리는 안락한 삶을 동경하게 되었고, 우리가 추구하던 신이나 위대한 사랑 따위는 어디에서도 발견하지 못했으며, 자본주의나 제국주의 정부를 전복시키지도 못했으므로. 세상이 점점 더 폐쇄적으로 되어가면서 위험해졌으므로. 우리는 부모님이 사는 집으로, 아기자기한 학교 캠퍼스로 돌아갔다. 서른 살이 될 무렵 나는 나이 든 여자 히피가 된다는 건 상당히 비장해 보일 것 같다고 생각하기 시작했다. 이제껏 영광스러운 저항을 연출했고, 낭만적인 여주인공처럼 살아왔지만, 지나고 나니, 막상 진정한 의미에서의 진지하고 장기적으로 이어지는 정치 참여 역량이 결핍되어 있음을 깨달았다. 그러니 전에는 경멸해 마지않던 학위들이 준비해준 안전한 곳으로 돌아가는 수밖에. 결국 나는 오래도록 격하게 뿌리쳐왔던 대학이라는 부르주아 세계에 합류했다.

　세대마다 나름의 전투를 치른다. 우리 세대가 치른 전투는 현재 젊은이들이 지구를 구하겠다고 벌이는 전투보다 더 혁명적이지도, 더 정당하지도 않았지만, 그럼에도 나는 지금까지도 거기에 충실했다. 나는 감히 우리가 어쩌면 그처럼 천진하게 낭만적일 수 있었던 마지막 세대일 거라고 생각한다. 유토피아 건설의 꿈, 고리타분한 세상에 대한 거부, 그때까지 아무도 해보지 못했던 당돌한 실험, 연대의식, 이런 모든 것이 뒤죽박죽 뒤섞인 위로 양념처럼 더해진 우리의 분노와 취기, 음악과 요란한 연회, 도발과 질풍노도, 완전히 고삐 풀린 향락이라니. 이제 와서 무질서하고 광란에 젖어 있던 그 시절, 말도 안 되게 밀도 높았던 나의 젊은 시절의 추억을 모른 척하기란 참으로 어렵기 짝이 없다!

　나는 늙은이가 되어버린 그 여름에 불현듯 맛본 그

향수를 어떻게 해야 할지 잘 모르겠다. 거의 아무도 그 시절을 기억하지 못하며, 대개는 관심조차 없다. 나는 늙는다는 건 바로 이런 것이기도 하다고, 다음 세대들에게는 폐기 처분해야 마땅할 것으로 보이는 나의 젊은 시절을 한껏 이상화하며 되새김질하는, 그런 것이기도 하다고 속으로 삭였다. 나는 내 부모님이 그랬던 것처럼 언제까지고 과거를 곱씹어가며 살고 싶지 않았다. 많은 날을 좋아하던 옛 노래, 흠모했던 배우들, 읽었던 책, 따라잡으려 애쓰던 유행, 몸소 겪은 사건들을 기억하면서 감상에 젖는 건 내 취향이 아니었다. 전혀 호기심을 자극하지 않을뿐더러, 오히려 따분하게 만들곤 했다. 나는 나 또한 언젠가 감히 아득히 먼 옛날의 모험담을 젊은 사람들에게 떠들어대는 나이 먹은 여자가 되리라고는 꿈에도 생각하지 않았다. 그건 모르긴 해도, 그저 단순히 내가 언젠가 나 역시 노인이 되리라는 걸 한 번도 상상해보지 않았기 때문일 게다.

10

"그런데 진정한 여행자들이란
오로지 떠나기 위해 떠나는 자들뿐이다."

샤를 보들레르Charles Baudelaire, 《여행Le Voyage》, 〈악의 꽃〉 중에서

미래라고 하는 것이 어느 순간 갑자기 짧은 여정만을 남겨두게 되면, 과거가 점차 존재감을 보이면서 자기만의 고유한 이야기를 떠올려볼 것을 종용한다. 힘들었던 일뿐만 아니라 삶에 의미를 부여해준 순간 같은 것 말이다. 그래서 나는 느릿느릿 강 위에 떠 있는 수상 시장들을 뒤로하면서 앞으로 나아갔던 메콩강 항해, 전설적인 웅장한 사원 앙코르와트와 마추픽추 앞에서 맛보았던 미학적 충격, 바다를 향해 등을 돌리고 있는 장대한 이스터섬의 모아이 석상, 갈라파고스섬의 불타는 듯한 빛깔의 물새들, 그들과 공존하는 거대 거북이 떼와 선사 시대부터 면면히 명맥을 이어가는 이구아나, 인레 호수에서 우아한 자태로 서커스하듯 물고기를 잡아 올리는 미얀마의 어부들…. 이 모든 것을 기억의 수면 위로 떠올려보았다. 신비스러운 이름으로 불리는 먼 나라와 도시를 찾아

떠난 기나긴 모험 여행은 나를 충만하게 채워주었다. 그 여름, 이 추억들이 충격적인 강렬함으로 다시 찾아왔을 때, 나는 깨달았다. 여행자의 욕망이 내게서 떠나가기 시작했음을.

이 같은 여행이 이제는 시련이 되어버렸음을 인정하는 내 심정은 퍽이나 곤혹스럽다. 자주, 특히 최근 몇 년 동안 그토록 먼 곳으로 떠날 결정을 내린 나 자신을 원망하곤 했다. 시간도 적당하고 값도 적당한 항공 티켓을 선점하기 위해, 도심에 위치하면서 가격도 합리적인 이상적인 호텔을 예약하기 위해, 또는 제일 믿을 만하고 바가지요금도 씌우지 않는 데다 제일 능률적으로 일하는 현지 여행사를 찾기 위해 인터넷 서핑을 하면서 보낸 시간들. 열에 들뜬 듯 바쁘게 움직여야 했던 여러 날의 준비 기간. 개는 누구에게 맡기지? 화분에 물주기는 누구한테 부탁해야 하나? 우편물은 누구한테 모아달라고 하지? 게다가 늘 너무 많고 너무 무겁기 마련인 짐 싸는 고역. 그뿐인가, 짐 싸면서 늘 잊어버리는 귀마개며, 복사한 처방전, 휴대폰 충전기 등 깜빡 잊고 짐에 넣지 않으면 말 한 마디도 할 줄 모르는 낯선 나라에서 허둥대며 서둘러 장만해야 하는 모든 것은 또 어쩌고.

요청한 택시가 약속한 시각에 오지 않을 때의 불안감, 조금만 더 일찍 출발하지 않은 것을 후회하며 발을 동동 구르게 만드는 공항 가는 길의 교통 혼잡. 아니면, 너무 일찍 출발해서 상점들은 아직 문도 열지 않았고, 내가 탈 항공편의 출발 정보는 전광판에 미처 표시도 되어 있지 않은 공항에서 네 시간씩이나 기다릴 때의 무료함. 보딩 카드를 토해내야 할 텐데, 두 번에 한 번꼴로 모르는 척해서 기어이 직원을 부르게 만들고, 불려온 직원은 못마땅한 표정으로 물정 모르는 어린아이에게 가르치듯 수속 절차를 하나부터 열까지 설명하게 하는 야속하기 짝이 없는 기계들. 백번은 족히 지나다녔을 텐데도 가령 금속 장식이 달린 벨트라거나 은팔찌, 규정대로 투명한 비닐 케이스에 넣는 걸 깜빡한 안약등(이런 것들 때문에 나는 몇 번씩이나 미안하다고 사과를 하면서 내 뒤에 줄을 선 사람들의 짜증 섞인 한숨 소리를 견뎌야 한다), 늘 뭔가 미처 주의하지 않았음을 깨닫게 만드는 금속 탐지 장치기. 무엇보다도 여권과 보딩 카드는 절대로 잃어버려서는 안 되니까 성난 바다에서 구명튜브에 매달리듯 그 서류들을 손으로 꽉 움켜쥔다.

　우여곡절 끝에 탑승 게이트에 다다르면, 혹시 파업이
나 다른 어떤 기술적 문제, 테러범의 출현 등으로 출발
이 지연되거나 아예 취소되지는 않았는지 확인하는 절
차가 기다린다. 그마저도 전혀 바쁠 것 없는데도 서두
르는 다른 승객들과 몸싸움을 불사하면서 말이다. 비행
기에 오르는 순간 내 보딩 카드를 잡아 든 항공사 직원
은 내 캐리어를 향해 의심 가득한 눈길을 보낸다. "규정
보다 너무 큰 거 아닙니까?" "짐칸으로 보내야 하지 않
을까요?"라고 추궁하는 듯한 눈초리. 그냥 가지고 타도
록 그를 설득하는 데 성공한 나는 이내 짐이 아닌 게 아
니라 너무 무겁다는 사실을 인정하고는 다른 승객에게
그 짐 가방을 수하물 칸으로 좀 올려달라고 간청한다.
그러는 동안 내 뒤로 늘어선 줄은 길어지고, 제대로 열
받은 여승무원은 그러게 왜 짐을 부치지 않았느냐고 핀
잔을 준다. 마침내 좌석에 앉자(제발 가운데 자리는 피해달
라고, 내가 아무리 강조를 해도 과연 그 바람이 이루어질지는 장
담할 수 없다), 어떤 사람과 이웃해서 앉게 될지 불안이 엄
습하면서 머릿속에서는 최악의 시나리오가 펼쳐진다.

쉴 새 없이 울어대는 갓난아기, 내 자리까지 다 차지해 버릴 것 같은 우람한 승객, 혹은 이륙하는 순간부터 착륙하는 순간까지 줄곧 자신의 인생담을 들려주는 떠버리 미국 관광객…. 요컨대 불안은 온전히 나를 떠나는 법이 없다. 오히려 여행 때마다 매번 조금씩 더 커지는 것 같다.

그럼에도 내 안에 욕망과 에너지가 남아 있는 한, 비록 예전에 비해서는 그 강도가 많이 약해졌을지라도, 계속 여행을 다닐 수 있기를 소망한다. 하지만 나는 벌써부터 '크루즈 탈 나이'가 되어가고 있음을 느낀다. 그래도 온 힘을 다해 버텨볼 것이다. 앞으로도 내내 '마지막' 혹은 '이번 한 번만'이라는 말을 입에 달고 살 테지만 말이다. "어쩌면 이번 한 번만, 마지막으로 딱 한 번만. 뉴질랜드? 우즈베키스탄? 볼리비아?" 이미 나는 가장 가까운 곳만 알아보고 있다. 비행기를 열여덟 시간이 아니라 딱 세 시간쯤만 타면 갈 수 있는 곳으로.

11

"나는 미처 못다 읽은 책들을 생각할 때면
그래도 내가 아직 행복하다는 확신을 가질 수 있다."

쥘 르나르Jules Renard, 《일기|Journal》

문학은 내 삶을 구원했으며, 앞으로도 그렇게 해주기를 소망한다. 다른 분야 책들도 내가 정말로 늙어버리게 될 끔찍한 겨울날의 고독을 물리칠 수 있도록 도와주리라고 기대한다.

어렸을 때 나는 《모범적인 소녀들Les Petites Filles modèles》* 을 싫증도 내지 않고 읽고 또 읽었다. 나는 마들렌이나 카미유처럼 얌전하고 말 잘 듣는 아이들이 아니라 반항기가 넘쳐 늘 사고를 저지르는 바람에 질서 잡힌 전통적인 세계에 재앙을 가져오는 소피에게

*   1858년 세귀르 백작부인이 발표한 동화. 19세기 한 귀족 가문에서 전쟁 과부가 된 여인이 홀로 마들렌과 카미유라는 두 딸을 키우는데, 주변에서 일어나는 크고 작은 사건들을 겪으면서 두 소녀가 정직하고 품위 있는 여인으로 성장해가는 모습이 이야기의 주축을 이룬다. 〈소피의 불행〉〈바캉스〉와 더불어 3부작을 구성하고 있으며 영화와 TV 드라마 등으로도 선보였다.

끌렸다. 막 사춘기로 접어들 무렵에는 이불을 푹 뒤집어쓰고서 그 안에서 손전등을 비춰가며 《채털리 부인의 연인》을 탐독했다. 책 내용을 전부 다 이해한 건 아니지만, 암튼 에로티시즘이라는 금지된 대지를 발견하면서 한껏 매료되었다. 그로부터 얼마 뒤엔 프랑수아 모리아크François Mauriac, 에르베 바쟁Hervé Bazin이 쓴 소설들에 빠져들었는데, 이 작가들이 쓴 어두운 분위기의 작품들은 주로 부르주아 가정의 불안정성을 묘사하고 있었고, 곧 우리 집안을 떠올리게 만들었기 때문이다. 이런 책들을 읽으면서 나 혼자만 일그러진 관계를 견뎌내야 하는 건 아니라는 사실을 깨닫기 시작했다. 기분을 울적하게 만드는 건 사실이었지만, 그럼에도 이런 작품들을 읽으면서 일종의 안도감을 느꼈던 것이다. 조금 더 나이를 먹으면서는 고전이라고 하는 작품들을 발견했다. 코스타 브라바의 한 해수욕장에 드러누워 《전쟁과 평화》를 읽다가 이따금씩 내 또래 소녀들에게 선망 가득한 눈길을 주었던 기억이 난다. 지지리도 자신감이 없던 나에게 비키니 수영복을 입고서 완벽한 몸매를 뽐내며 전문가처럼 남자들의 주의를 끌던 그 아이들은 부러움의 대상이 아닐 수 없었다. 부모님과 함께 관광객들이 들끓는 유명 유적지를 전전하며 보내는 휴가철이면, 발자크Honoré de Balzac, 모파상Guy de Maupassant, 졸라Émile Zola의 작품들 속으로 피신했다.

한편, 히피 시절의 나는 책을 잔뜩 넣은 배낭만 하나 달랑 짊어지고서 세계를 주유하는 젊은이들 부류에 속했다. 그 무렵에 나는 유스호스텔에서 패트릭 화이트 Patrick White의 《보스VOSS》, 막스 프리슈Max Frisch의 《호모 파베르Homo Faber》 등을 읽었다. 여행지의 이곳에서 저곳으로 이동하려면 그때그때 일을 해서 돈을 벌어야 했는데, 그런 과정에서도 변함없이 책들이 동반자가 되어주었다. 스위스에서는 해발 4천 미터의 위엄을 자랑하는 장엄한 마터호른과 마주 보는 체르마트의 한 식당에서 계산원으로 일하며 토마스 만Thomas Mann의 《마의 산》을 독파했다. 아무리 이해하려고 해도 이해가 되지 않는 일본이라는 사회를 좀 더 가까이에서 경험해보겠다는 마음으로 교토의 한 바에서 일하는 동안엔 마쓰오 바쇼松尾芭蕉, 유키오 미시마平岡公威, 가와바타 야스나리川端康成 같은 작가들의 작품을 탐닉했다. 시베리아에서는 앙리 트루아야Henri Troyat가 여러 권으로 펴낸 대하소설《정의로운 자들의 빛La Lumière des Justes》에서 들려주는 12월 당원•들의 이야기에 빠져들었다. 라틴아메리카를 여행하는 동안엔 가르시아 마르케스Gabriel García Márquez, 코르타사르Julio Cortaʹzar, 바르가스 요사 Mario Vargas Llosa 등이 구사하는 마술적 사실주의의 경이로운 세계를 발견했다. 버지니아 울프가 자살한 곳에서 멀지 않은 서식스주에 틀어박혀 있는 동안엔 제인 오스틴 Jane Austen, 브론테Bronte 자매(나는 표 나게 샬럿Charlotte을 에밀리Emily보다 편애한다), 찰스 디킨스Charles Dickens, 토머스 하디Thomas Hardy의 작품들을 독파했다.

프랑스 문학박사 학위를 준비하는 기간엔, 나이 든 교수들이 걸작이라고 소개하는 작품들이 자주 고리타분하고 지루해서 곤혹스러웠다. 또 이러한 작가들이 제시하는 여성의 이미지가 못마땅한 나머지 끊임없이 툴

• 1825년 12월, 러시아에서 일부 청년들이 입헌군주제를 실현하기 위해 난을 일으켰는데 이들을 가리켜 데카브리스트 또는 12월 당원이라고 한다. 반란이 실패로 돌아가고, 니콜라이 1세는 전제정치를 더욱 강화했다.

틀댔다. 물론 아직 그 이미지들을 분석할 도구는 없었지만, 그럼에도 대문호라고 간주되는 인물들이 이처럼 받아들이기 어려운 여성상을 제시하는 건 의심할 여지 없이 부당하다고 느꼈다.

여성 작가들의 작품은 강의 시간에 거의 다뤄지지 않았다. 나는 조르주 상드George Sand에 대해 몹시 실망했는데, 도발을 서슴지 않고, 자신의 독립 정신을 주장했으며, 사회적·성적으로 각종 모험을 불사하면서 혁명 정신을 과시하던 작가가 《렐리아Lélia》에서는 창의성과 불감증 사이에서 갈팡질팡하는 여인의 초상을 그리는 것으로 그쳤다. 내가 보기에 맥 빠진다는 표현 정도로는 부족한 처사였다. 시몬 드 보부아르의 선구자적인 글들에 나는 열광했다. 자유와 정치 참여, 연애 사이에서의 균형이라는 쉽지 않은 길을 선택한 보부아르의 당차고 끈질긴 방식에 찬사를 보냈다. 무엇보다도 자신이 속한 사회계층과 가족에 맞서는 모습에 동질감을 느꼈다. 그렇긴 해도 보부아르는 너무 냉정하고 너무 지적이며, 너무 강경한 데다, 여성의 몸에 관한 불쾌한 언급은 거부감을 불러일으켰다. 내가 보기에 나의 롤 모

델이 되어줄 만한 유일한 인물은 콜레트Sidonie-Gabrielle
Colette였다. 콜레트는, 적어도 내 눈에 비친 그녀는, 모든
체제 순응적 양태에서 벗어난 자신만의 삶의 방식을 구
축했으며, 자신의 모순적 면모를 명철하게 인정하고 받
아들이는 자세를 갖춘 것 같았다. 콜레트가 쓴 작품들을
맛나게 음미하며 읽고 또 읽으면서 그녀가 어머니와 여
러 남편들, 연인들, 딸, 남자 친구들, 여자 친구들, 애지
중지하는 반려동물들 속에서도 항상 균형을 추구했음
을, 고독에의 열망과 남들과 함께하려는 열망 사이에서,
열정에 따르는 노예적인 삶과 자율적인 삶의 환희 사이
에서, 비록 언제까지 지속될지 알 수 없지만, 암튼 나름
의 균형을 유지하기 위해 안간힘을 썼음을 깨달았다.

　콜레트는 나약함을 드러내 보이는 걸 두려워하지 않
았다. 한번 맛 들이면 절대 잊을 수 없는 시적인 문체로
그 모든 것을 뛰어넘었던 것으로 보인다. 콜레트는 다
양한 감정과 자신이 통제할 수 없는 힘, 피할 수 없는
변화 등 모든 것을 받아들였으며, 궁극적으로 그 모든
것을 자신을 쇄신하는 계기, 살아가는 행복으로 변화시
켰다. 나는 그녀의 문체까지도 몹시 사랑했다. 하지만

콜레트가 표상하는 모델은 너무 꽁꽁 감추어져 있다고
할까, 지나치게 은밀한 가면을 쓰고 있을 뿐 아니라 그
녀의 열정은 나로서는 이해하기 힘들어 본보기 삼아 그
대로 따라 하고 싶은 마음은 그다지 들지 않았다.

사정이 이렇다보니, 나는 수업이 끝나면 영미 문학
속으로 파고 들었다. 이 세계는 프랑스 문학과는 대
척점을 이룬다고 할 정도로 음향과 분노, 열정과 비타
협으로 충만했다. 업다이크John Updike, 울프, 드라이저
Theodore Dreiser, 포크너William Faulkner 같은 작가들의 소설
은 자신들이 몸담은 사회를 충실하게 반영함으로써 열
에 들뜬 마음으로 마지막 페이지까지, 가장 최근에 나
온 작품까지 빠짐없이 읽고 싶은 마음이 절로 샘솟게
하였다. 이러한 책들을 읽으면서 나는 내가 기를 쓰고
추구하고 싶은 것, 이를테면 세상을 바라보는 다른 방
식, 세상을 묘사하는 다른 시각 등에 한 발짝이나마 다
가서고자 했다.

내가 페미니스트들의 글을 닥치는 대로 탐독한 것도
이 무렵이었는데, 그들이 1960년대와 1970년대를 거치
면서 이전에 비해 확실히 눈에 띄게 되었기 때문이다.

페미니스트들의 글은, 픽션이 되었든 에세이가 되었든, 사회와 풍습에 혁명의 씨앗을 뿌렸으며, 그렇게 해서 자라난 혁명은 내 삶은 물론 다른 수백만 여성들의 삶도 송두리째 바꾸어놓았다.

그 무렵 내가 제일 흠모하던 나의 영웅은 도리스 레싱이었고, 그녀가 쓴 《황금 노트북》은 말하자면 나의 성경이었다. 이 뛰어난 작가의 통찰력은 내가 보기에 가히 고통스러울 정도로 예외적이라 할 만했는데, 그도 그럴 것이 작품 속 등장인물들은 자기들의 선구자적인 실존을 위해, 고독이라거나 심한 경우 광기로도 증폭될 수 있는 심신의 파편화 같은 크나큰 대가를 지불해야 했다. 이 인물들이 벌이는 투쟁담, 승리담 또는 패배담을 읽는 건 그 자체로 하나의 전복이었다. 왜냐하면 무엇보다도 여자들끼리의 우정이 이 작품을 관통하는 중요한 주제였기 때문이다. 이는 그때까지 다른 작가들의 글에서는 거의 발견하지 못했던 주제 의식이었다. 공동의 항거에 토대를 두었을 뿐 아니라 열정적 토론과 지속적 교류를 통해서 얻어지고 유지되는 소중한 우정. 도리스 레싱의 작품들은 내가 실제로 내 친구들과 나눈 대화들을 투영하고 있었다. 갈지자 횡보를 하다가 뚝뚝 끊어지기도 하고, 곁길로 빠져서 혼돈을 일으키지만 불꽃처럼 활활 타오르는 대화들. 나는 여자 친구들과 이런 책들에 대해 줄곧 이야기를 나누었으며, 덕분에 날마다, 대화를 나눌 때마다, 우리는 새로운 발견의 기쁨을 맛보았고, 우리들 사이의 연대감이 나날이 돈독해짐에 뿌듯해했다. 도리스 레싱의 글들은 해방에 대한 우리의 욕망을 정당화해주긴 했지만, 그렇다고 우리가 나아가야 할 길을 명시적으로 보여주진 않았다. 우리는 그 글들이 들려주고자 하는 교훈, 제한된 틀 속에 갇혀 살아야 했던 우리의 어머니들이 딸들에게 전수해주지 못한 그 교훈을 이해했다. 그러나 그 후 자기의 길을 만들어가는 건 각자의 몫이었다.

이런 까닭에 나는 여러 해 동안 다양한 전기나 자서전을 통해서 길잡이가 되어줄 본보기를 찾았다. 훗날 망명과 파편화된 정체성 문제에 매료되었을 때, 나는 이민과 실향이라는 주제를 다룬 작가들 쪽으로 눈을 돌렸다. 이들은 언어와 문화의 변화, 늘 프랑스와 미국 사이 어디에선가 서성거리는 나처럼 이중 정체성을 가졌을 때 야기되는 분열 양상에 대해 성찰하도록 이끌었다. 에바 호프만Eva Hoffman*이 쓴 인상 깊은 자서전《번역에서 길을 잃다Lost in Translation》는 국경과 언어, 문화를 가로지르는 고통스러운 경험을 담담히 써 내려간 글로, 나는 그 글을 통해서 1990년대에 막 부상하기 시작한 새로운 장르에 더 이상 효과적일 수 없는 방식으로 입문했다. 그 후로 줄곧 나는 그와 같은 부류의 책 속에서 나 자신을 발견하고 동질감을 맛보았다. 이 부류에 속하는 작가들의 목록은 날이 갈수록 풍성해졌고, 머지않아 그 안에서도 새로운 세대의 작가들이 출현했으며, 나는 이들의 작품 또한 왕성한 식욕으로 읽어갔다. 이 부류의 작가들은 미국 혹은 영국에 거주하면서 스스로 (적어도) 두 개 이상의 정체성을 지녔음을 충분히 의식하면서 이를 감추지 않고 오히려 노골적으로 드러냈는데, 사실 나 아닌 타인이라면 일단 자동적으로 멀리

---

* 1945~ , 폴란드에서 출생하여 나치의 유대인 학살에서 살아남은 부모와 1959년에 캐나다로 이민을 온 이후 작가와 학자로서 세계적 명성을 얻었다.

하고 보는 사회에서 이렇게 하는 데에는 많은 어려움이 따르기 마련이었다. 프랑스에서는 이러한 작가들이 스스로를 세상에 드러내고 자기만의 목소리를 내기까지 훨씬 더 오랜 시간이 걸렸다.

두 가지 언어 사용에 관한 이러한 글들에서 나는 지금의 '나'라는 인격이 만들어지게 된 인생의 여러 순간들과 재회했다. 예컨대 떠나올 때의 충격, 새로운 언어를 익히는 어려움, 성인이 되어 맞닥뜨리게 된 낯선 언어와 문화를 이해하지 못하는 까닭에 그곳에서 태어나고 자란 자식들과 점점 멀어지는 상황을 속수무책으로 당해야 하는 부모 세대의 점진적인 소외 등이 대표적이다. 나는 특별히 이민 2세가 겪게 되는 불안감이라는 대목에서 가슴을 세게 얻어맞은 것 같았는데, 이민 2세는 이민 1세대인 부모에 비해서 새로운 곳에 훨씬 잘 동화하지만, 그럼에도 다른 사람들 눈에 언제나 망명자, 즉 타인의 모습으로 비칠 것이라는 사실을 누구보다 극명하게 의식하므로 불안할 수밖에 없는 상황 속에서 산다.

살면서 얻은 교훈의 상당 부분을 나는 문학 수업

에 빚지고 있다. 몽테뉴Michel Eyquem de Montaigne는 자신과 대면할 용기를 가르쳐주었고, 프루스트Marcel Proust는 기억의 권능을, 토니 모리슨은 작열하는 문체로 진실과 정의의 의미를 귀띔해주었으며, 아니 에르노는 어떻게 하면 자기 자신에 대해 글을 씀으로써 세상을 포착할 수 있는지 알려주었다. 내가 좋아하는 작가이자 대학교수들 가운데 하나인 캐럴린 하일브룬Carolyn Heilbrun은 "우리는 글을 통해서 우리의 삶을 산다"고 말했다. 그것이 바로 내 삶이었으며, 그것은 전혀 과장이 아니었다. 문학은 늘 나를 지탱해주었다. 아주 어렸을 때부터 사람들에게서 걸핏하면 '진짜 세상'은 내팽개치고 책 속에만 틀어박혀 산다는 꾸지람을 들어온 나이지만, 그건 엄연한 사실이다. 내가 게걸스럽게 읽고 열정적으로 토론해온 많은 이야기가 나로 하여금 실존이라는 거대한 혼돈에 맞설 수 있도록 도와주었다. 그 이야기들은 나를 보호해주고 교육했으며, 앞으로도 계속 그렇게 하라고 용기를 북돋아주고, 장애물 천지인 험한 길에 기꺼이 나와 동행해주었다. 그 이야기를 구성하는 소중한 말들 덕분에 나는 꾸역꾸역 우직하게

장애물들을 넘을 수 있었다. 그리고 이제 내 앞에 펼쳐
질 인생의 새로운 과정에서도 다르지 않을 것임을, 문
학이라는 버팀목은 언제든 든든하게 나를 받쳐줄 것임
을 잘 알고 있다.

12

"나는 바위라네.
나는 섬이라네.
그리고 바위는 고통을 느끼지 않지.
그리고 섬은 결코 울지 않지."

폴 사이먼, 〈나는 바위라네I Am a Rock〉

늙은이가 되어버린 이후로, 나는 벌써 오래전에 비교적 평온하게 돌아가신 내 부모님에 대해 생각하기 시작했다. 나는 젊은 시절을 온통 두 분에게 반항하는 데 바쳤다. 나이를 먹는다는 건, 너무 늦은 감이 있지만, 그 전엔 알지 못했거나 이해하지 못했던 것을 깨닫게 해주는 데 도움이 된다.

"내 어머니는 절대 나의 손을 잡아주지 않았다"고 비올레트 르뒤Violette Leduc*은 어느 글에선가 고백했는데, 나는 꽤 오랫동안 그녀에게 동질감을 느꼈다. 나는 그때문에 엄마를 원망했다. 엄마는 나의 분노를 유발했고, 양분을 주어 분노를 키웠다. 엄마는 닮아서는 안 될 나의 반反모델, 내가 격렬하게 거부한 모든 것이었다.

* 1907~1972, 프랑스의 작가.

나로 하여금 절대 엄마처럼은 되지 말겠다고 맹세하게 만든 여자.

엄마는 명랑한 시간과 우울한 시간 사이를 오갔다. 엄마는 굉장히 엄격하고, 자신이 유대인임을 끝끝내 감추기 위하여 남보다 더 열렬한 가톨릭 신앙으로 무장한 어머니 손에 자라면서 어머니, 그러니까 내 외할머니를 경외했다. 외할머니는 열일곱 살짜리 딸과 젊은 귀족 청년의 결혼을 횡재한 것으로 여겼음이 틀림없다. 엄마는 예쁘고 우아했으며, 늘 웃는 얼굴로 다정하면서 유쾌한 모습을 보였다. 하지만 그러면서도 유아적이고 우울증 기질도 있어 본인의 모든 불행을 자식인 우리 탓으로 돌리면서 괴롭혔다.

나는 엄마를 피했고, 엄마를 심하게 비판하고 원망했으며, 결국 엄마에게 등을 돌렸다. 엄마가 늘어놓는 불평불만, 비방, 현실 거부, 의존적인 태도를 견딜 수 없었다. 여러 해가 지나고 난 지금에 와서 돌이켜보면, 내가 얼마나 엄마에게 부당했는지 인정하지 않을 수 없다. 나에게 엄마는 부모에게 의존하며 살다가 첫 번째 남편, 이어서 두 번째 남편의 뜻에 따라 산 순종적인 여성,

늘 누군가에게 의지해서 사는 여성 가운데 하나로, 그러면서도 항상 자신이 희생자라는 식의 태도를 보이는 사람이었다. 그런데 오늘 다시금 그 문제에 대해 생각해보니 비로소 다른 면이 보였다. 엄마의 삶이 내가 믿었던 것처럼 오로지 수동성, 전적인 자율성 부재만으로 규정될 수 있는 건 아니었던 것이다.

결혼 전에 엄마는 가수에 도전했던 적이 있다. 해묵은 프로그램 안내문 한 장이 실빈Sylvine이라는 예명으로 무대에 오른 엄마의 과거를 증명해준다. 실제로 가수로서의 입지를 다지진 못했으나, 그래도 자신만의 정체성을 얻기 위해 노력한 흔적임을 인정하지 않을 수 없다. 엄마는 그로부터 얼마 지나지 않아 결혼했고, 그 후 계속된 몇 년 동안의 결혼 생활은 행복하면서 동시에 폭풍처럼 위태로운 시간이기도 했다. 엄마가 그토록 사랑한 남편이 정기적으로 자신을 속이고 다른 여자와 바람을 피웠으니까. 죽을 때까지 사랑하고 싶었으나 자신의 삶을 엉망으로 만들어버린 남자와 이혼하고, 미국 남자와 재혼하면서 미용계에 뛰어든 엄마는 화장품 회사 '페요'에서 일했는데, 고객들의 삶의 질을 향상시켜주는 일이라면서 퍽이나 자랑스러워했다.

 이윽고 엄마는 미국 시댁 식구들과의 교류를 통해서 1950년대 '미국식 생활방식'을 몸소 접했다. 미국의 문화, 언어, 미국 사회가 악몽이 되기 전까지만 해도 엄마는 이 새로운 발견에 흠뻑 빠졌다. 그때 막 개발되기 시작한 저열량 식생활 방식도 익혔다. 늘 통통한 편이었던 엄마는 날이면 날마다 입에 들어가는 음식의 열량, 자신이 섭취한 열량을 측정해가며 이 방식을 체득했으며, 체득한 지식을 주변에 전파했다. 체중이 줄어들자 당시 최고로 유명한 디자이너들의 옷을 입기 시작했으며 마침내 《저열량식으로 살 빼기Maigrir par la méthode des basses calories》라는 제목의 첫 저서를 출간했다. 책의 뒤표지엔 얼굴 가득 활짝 미소를 머금고서 보란 듯이 날씬한 몸매를 자랑하는 우아한 자태의 자신의 사진도 실었다.

 이 무렵 프랑스 여성들은 아직 다이어트라는 것이 뭔지조차 모르는 상태였지만, 미국에서 오는 거라면 무엇이든 덮어놓고 열렬하게 환영했다. 그 때문에 앞다투어 엄마의 책을 샀고, 급기야 엄마는 TV에 출연하고, 여러 신문이며 잡지들과 인터뷰도 하면서 예상치 못했던 명성을 얻게 되었다. 그 후 몇 권의 책들이 더 나왔고, 그 책들도 모두 대대적인 성공을 거두었다. 태어나서 처음으로 엄마는 큰돈을 벌었고, 출판업자, 기자 들을 비롯하여 파리의 많은 유명 인사들과 친분을 맺었다. 이들은 우리 집에 놀러 와서 위스키를 마시며 수다를 떨거나, 함께 트렌디한 카바레나 공연장을 찾기도 했다. 이렇듯 잠깐이나마 엄마는 손수 르노 도핀 자동차를 운전하며 유명 인사들과 교류하는 자율적인 여성으로 살았다. 하지만 이내 순종적인 여성으로서의 운명이 엄마를 따라잡았고, 엄마는 미국인 남편을 따라 이 나라 저 나라를 유랑하는 생활을 이어가야 했다. 엄마의 오랜 우울증 증세도 엄마가 가는 곳이라면 어디든 졸졸 따라다녔다. 그토록 좋아하는 파리와, 친하게 지내던 지인들로부터 떨어져 혼자가 되자 엄마는 자신에게 크나큰 만족감을 주었던 일을 점차 놓았고, 그와 동시에 떠나온 프랑스를 마음에서 지워버리는 일종의 애도에 돌입했다.

　엄마의 두 번째 남편은 직업 외교관으로 아프리카, 터키, 튀니지, 아이티 등 줄곧 먼 곳으로 발령받았다. 엄마의 역할은 임지 사람들의 눈에 미국을 대표하는 이 외교관의 완벽한 아내로 비치는 것이었으며, 엄마는 이 역할을 완벽하게 수행하기 위해 본인의 뛰어난 재능과 창의력을 유감없이 발휘했다. 주관해야 했던 수많은 리셉션 덕분에 엄마는 뷔페식 만찬에 관해 여러 권의 책을 내기도 했다. 그 정도로 엄마는 음식의 맛은 물론 미학적 측면에서도 만찬 준비에 확고한 취향을 보여주었다.

또 실제로는 견디기 힘들어했던 외교관 부인으로서의 생활에 관해서 유머 넘치는 일련의 일화집도 편찬했는데, 우리에게도 발췌해서나마 그 내용을 읽을 것을 강요하다시피 했다. 그만큼 엄마에게는 하소연을 들어줄 사람이 절실했던 것이다. 튀니지에서 자수에 입문한 엄마는 아주 예쁜 식탁보와 냅킨을 만들었다. 아이티에서는 그곳 화가들의 그림에 흥미를 보여 수집을 시작, 상당히 가치 있는 컬렉션을 완성했다. 엄마는 제법 나이가 든 후에 요가를 배우기 시작해서 나를 깜짝 놀라게 했는데, 요가 선생을 일종의 정신적 지도자로 여기면서 열정적으로 따라다녔다. 그런데 이번에도 역시 남편이며 자식들은 엄마의 이 마지막 몸부림을 진지하게 받아들이지 않았다.

엄마의 외교관 남편이 플로리다에서 은퇴 생활을 보내기로 결정하면서, 엄마는 그때까지 어느 정도는 간직하던 호기심과 우아함, 사교성마저 모두 내팽개쳐버렸다. 그런 걸 유지하면서 살기엔 너무 외롭고 의기소침했기 때문이리라. 예순다섯 살은 그때까지 내내 혐오하고 비판해오던 미국 문화를 자기 것으로 소화하기엔, 기를 쓰고 배우지 않으려 했던 언어를 배우기엔, 천박하다고 흉보던 미국 사람들과 우정을 맺기엔 너무 늦은 나이였다. 엄마에게 남은 유일한 기쁨의 순간은 미국 각지에 흩어져 사는 자식들과 손주들을 이따금씩 만날 때뿐이었다. 나는 오늘에 이르러서야, 엄마가 돌아가신 지 25년이 지난 지금에서야 비로소 내가 엄마의 처절한 노력을 외면했음을, 사회가 부여해준 그 보잘것없는 여건 속에서 나름대로 존재를 인정받기 위해 엄마가 얼마나 분투했는지 전혀 알려고 하지 않았음을 깨닫는다.

무엇보다도 엄마가 말하는 '여성의 조건'이라는 생각에 저항했다. 대학에 입학하고 진로를 정해야 할 나이가 되었을 때, 엄마는 나를 안심시켜준답시고 그런 결정은 전혀 중요하지 않다고, 장래 문제 때문에 불안해할 필요가 전혀 없다고 조곤조곤 타일렀다. 어찌 되었든 나는 결혼을 할 테고, 그것도 돈 많은 남자와 결혼을 할 거니까 그렇다는 것이었다. 그러니 직업 선택 따위는 별반 고민할 가치가 없다는 것이 엄마의 지론이었다. 반면, 음악과 여자—그리고 훗날엔 마약—에만 관심을 보이는 내 남동생은, 나와는 달리, 장래를 생각해서 앞으로 가장이 되어 한 가정을 책임지려면 직업 선택에 신중을 기해야 한다는 부연설명도 곁들였다.

엄마의 생각과는 달리, 남동생은 학위라고는 하나도 얻지 못한 반면, 나는 여러 개의 학위를 차곡차곡 쌓아갔다. 이처럼 아들과 딸을 차별하는 대접은 내 안에서 부당함이라는 감정을 솟구치게 만들었지만 차마 대놓고 표현할 순 없었다. 다만 그걸 오롯이 견디며 엄마와 엄마 세대에 속하는 수많은 여성들처럼 쉽게 포기해서는 안 된다는 사실만큼은 깊이 깊이 새겼다.

엄마는 언젠가는 내가 바뀌리라는(그러니까 내가 '정상적'이 되리라는) 희망을 버리지 않았다. 내가 장래를 준비하는 데 엄마가 도움을 주는 유일한 방식이 있었다면,

그건 엄마가 나를 위해 꿈꾸는 부자 남편감의 눈에 들기 위해서 '여성성'을 가꾸어야 한다는 식의 조언이었다. 성생활 면으로 말하자면, 영화와 소설이 앞으로 내가 겪게 될 일들에 대해 막연한 윤곽을 보여주었을 뿐, 나는 나의 몸에 관해서 아무것도 모르는 상태로 성장했다.

나에겐 롤 모델이라고 부를 만한 인물이 없었다. 분명 몇몇 선구자가 있었을 테지만, 그들에 대해서 이야기하는 책이나 신문 따위는 없었다. 엄마의 친구들은 다들 똑똑하고 재능 있고 세련된 인재들이었음에도 한결같이 아내와 어머니라는 전통적인 여인상에 순종적이었다. 그들은 자신들에게 다른 선택지가 있다면, 수녀가 되거나 매춘부가 되는 길뿐이라고 생각하면서 성장했다. 내가 만난 의사나 교수 들은 모두 남자였으며, 건축가, 변호사, 치과 의사, 출판업자, 기자(여성잡지 기자들이야 예외일 테지만) 들도 마찬가지였으므로 나는 여자 조종사, 여자 택시 기사도 얼마든지 있을 수 있다고는 꿈에도 생각하지 않았다. 내가 즐겨 읽고, 연구하고, 가르치는 소설들 속에서 여성 등장인물은 항상 정형화되어 있었고, 그 인물들의 운명은 거의 언제나 비통하기 그지없었다. 나이가 제법 있는 성숙한 여인들은 자신을 희생하거나 슬픔에 북받쳐 죽음을 맞이하며, 경우에 따라서는 두 가지 다 해당되기도 했다. 운명에 저항하는 젊은 여인들은 감히 규범에 도전장을 내밀었다는 이유만으로 모질게 벌을 받았다. 체념하고 살거나 바람을 피우거나 남자를 조종하는 아내들이 있는가 하면, 시인들의 환상이 빚어낸 비현실적으로 아름다운 여인들도 등장했다. 아르누 부인과 레날 부인, 안나 카레니나 같은 부류의 여인들과 나나, 엠마 보바리, 메르퇴유 후작 부인 같은 부류의 여인들 사이에서, 여인의 보편적 운명이라 할 수 있는 한 많은 인생을 살지 않은 여인들이 설 자리라곤 없었다. 따라서 나는 어쩔 수 없이 반反모델을 나침반 삼아 앞으로 나아가야 했다.

　나는 나의 우울증을 통제하는 것만으로도 너무 벅찬 나머지, 엄마의 지속적이고 항구적인 우울증에 한 번도 공감을 표하지 않았다. 처음엔 엄마에 대한 반항심이 항우울제 역할을 해주었으니, 내가 회복 탄력성을 얻을 수 있었던 건 다 그 덕분이다. 솔직히 달리 어떻게 할 방도가 있었다고는 생각하지 않는다. 나로서는 살아남

느냐 아니면 엄마에 의해서 심연에 빠지느냐의 문제였다. 한번 빠지면 엄마처럼 익사할 수밖에 없는 깊은 심연. 그런데 지금 나는 어쨌거나 자식을 사랑하고 다정했던 엄마를 생각하면서 크나큰 슬픔을 느낀다. 엄마가 원한 거라곤 그저 당신이 베푼 사랑을 딸자식인 내가 조금만이라도 엄마에게 돌려주는 것이었을 텐데.

13

"아버지, 내 아버지."

바르바라Barbara, 〈낭트Nantes〉

처음 25년 동안, 나는 그자를 아버지라고 불렀다. 그다음 25년 동안, 나는 그자가 내 아버지가 아니라고 확신했으며, 그래서 그를 원망했다. 그는 내가 다섯 살 때 떠나갔다. 그렇다고 정말로 완전히 그를 잃은 건 아니었다. 난 그가 어디에 사는지도 알고 있었고, 게다가 가끔 그가 새 삶을 시작한 머나먼 아프리카에서 우리를 보러 오기도 했으니까. 하지만 어린 여자아이에 불과했던 나에게 그건 그냥 버림받은 것이었고, 내 짧은 생애에서 가장 큰 상실이었다. 나는 어린아이다운 글씨체로, 그러니까 거의 알아볼 수조차 없는 삐뚤삐뚤한 글씨로 그에게 편지를 쓰곤 했다. "언제 올 거야?" 그는 의심할 여지 없이 내가 가장 사랑한 남자였다.

나는 부모님이 헤어졌다는 사실을 제대로 이해하지 못했다. 두 사람은 어린 나이에, 너무 어린 나이에 만나서 결혼했다. 남자는 매력적이고 다분히 바람기가 있었고, 여자는 드라마틱하면서 아이 같은 구석이 있었다. 남자는 지나치게 보수적이고 융통성이라고는 없이 엄격하기만 한 귀족 집안에서 벗어나고 싶어 했고, 여자는 어떻게 해서든 친정과 가깝게 지내려고 했다. 사실 여자는 친정과 거의 한 몸처럼 긴밀한 관계를 유지했다. 그런데 두 사람 사이에 무슨 일이 있었던 걸까? 남자에게 애인이 너무 많았던 걸까? 여자가 자기 엄마한테 너무 순종적이었던 걸까?

여하튼 두 사람은 사랑했다. 어쩌면 잘못된 방식으로 사랑했을지도 모르겠으나, 어쨌건 두 사람은 다정하게, 꾸준히 사랑했고, 시간도 두 사람의 사랑을 지워버리진 못했다. 이혼 이후, 여자는 한 번, 남자는 두 번 더 결혼했다. 남자는 내 새아버지와 기가 막히게 죽이 잘 맞았고, 여자는 남자가 새로 맞이한 부인들을 그럭저럭 참아주면서도 마음 깊은 곳에서는 어느 누구도 자신이 남자의 인생에서 맡고 있는 비중 있는 역할을 빼앗아갈 수 없을 거라고 굳게 믿었다. 여자는 완강하게 남자에게 애착을 보였고, 남자는 드러내놓고 말을 하진 않았지만, 줄곧 여자를 사랑했다. 두 사람의 관계는 진정한 의미에서 단 한 번도 느슨해진 적이 없었다.

나는 우리가 파리에서 휴가를 보냈을 때의 아버지 모습이 눈에 선하다. 아버지는 카메룬, 튀니지, 미국, 터키 등 우리가 사는 나라라면 멀든 가깝든 어디나 다 찾아왔다. 그렇지만 늘 다시 떠났기 때문에 나는 실망이 이만저만이 아니었다. 나는 아버지의 매력, 아버지의 약간 철 지난 듯한 문학적 취향에 홀딱 반했고, 아버지가 만들어주는 근사한 요리며, 아버지의 예술적, 역사적 지식도 너무나 좋아했다. 스무 살 되던 해에는 심지어 파리에서 아버지와 같이 살기로 마음먹었다. 그런데 아버지와의 동거가 하필이면 나의 반항 시기와 일치하는 바람에 나는 아버지의 약간 구시대적인 취향을 조롱하기 시작했다. 그 때문에 아버지는 걸핏하면 아버지와 맞서려는 까탈스럽고, 모험심 충만하며, 전혀 체제 순응적이지 않고 도발적인 딸을 어떻게 해야 할지 몰라 망연자실했다. 그러면서도 나의 모든 여행과 연애, 학업, 인생에서의 모든 선택을, 비록 잘 이해할 수 없을지라도, 묵묵히 지켜보아 주었다.

그러던 어느 날, 아마도 내 나이 스물다섯 살쯤 되었을 때였던 것 같은데, 나는 엄마의 편지 서랍에서 엄마가 만난 첫 번째 미국인 남자에 대해 언급한 편지를 발견했다. 그 남자는 비겁하게도 내가 한 살 때 자기 부인과 아들이 사는 뉴저지주로 돌아갔다고 했다. 그 순간, 어쩌면 내가 아버지의 딸이 아닐 수도 있다는 생각이 섬광처럼 머리를 스쳤다. 그러면서 그때까지 들었던 아리송한 말들이며 나를 둘러싸고 사람들이 주고받던 미심쩍은 시선들이 이 충격적인 순간에 동시다발적으로 눈앞에 떠올랐다. 나는 다른 어느 누구보다도 지금의 내 아버지를 죽도록 원망했다. 우리가 미국으로 떠나기 직전에 아버지가 서명한 서류야말로 그가 우리를 버렸다는 완벽한 증거였다. 자식들의 미국 귀화를 받아들이겠다는 내용의 서류였으니까.

　　상당히 급격한 방식으로 노화가 찾아온 그 여름의 긴긴 위기 동안, 나는 아버지가 돌아가신 후에 발견한 상자를 살펴보기로 작정했다. 그때까지 나는 그 상자를 열어볼 엄두가 나지 않았다. 상자 속엔, 놀랍게도, 내가 아버지에게 보낸 편지들이 빠짐없이 보관되어 있었다.

네 살인가 다섯 살 때부터 나는 삐뚤삐뚤한 글씨로 아버지에게 카드를 보냈고, 아버지가 돌아가시던 해, 아니 좀 더 정확하게는 돌아가시기 4년 전 정신 줄을 놓으실 때까지도 나는 계속 아버지에게 편지를 보냈다. 그러니까 아버지는 그 편지들을 전부 간직하고 계셨던 것이다. 아버지는 그것들을 연대순으로 정리하면서, 편지를 쓴 날짜며 장소에 대해서 소감도 적고, 여백엔 내가 수도 없이 많이 틀리게 쓴 글자들을 꼼꼼하게 고쳐놓았다.

예외 없이 "내가 사랑하는 아빠"로 시작하는 그 편지들은 사랑과 암묵적인 동조가 철철 넘치는 데다, 아버지와 더 많은 시간을 함께하고 싶은 절절한 마음까지 듬뿍 담고 있었다. 아버지가 보낸 답장은 드물었는데, 아마도 내가 잘 간수하지 못하고 잃어버린 탓인지 몇 통만 남아 있다. 그 몇 통의 편지들이 지금 무섭도록 내 마음을 짠하게 만든다. 아버지가 나를, 성미도 까다롭고 도통 이해하기 어려운 짓만 골라가면서 하는가 하면, 아버지 세대, 아버지가 태어난 환경에 속하는 사람들은 납득하기 어려울 정도로 자신의 자유만 고집하며,

천성적인 호색가인 아버지가 그토록 좋아하는 전통적인 여성성이라면 완강하게 거부하는 이 딸을 자랑스러워하셨다는 걸 느낄 수 있었다.

오랜 시간이 지난 후, 마침내 내 인생을 송두리째 뒤흔들어놓은 수수께끼를 풀어보기로 결심했다. DNA 분석 회사는 내 아버지가 분명 나의 생물학적 아버지임을 확인해주었다. 내가 보기에, 아버지도 엄마도 그 점에 대해서는 절대적 확신은 없는 상태에서 당시의 품격 있는 예의범절에 따르기로, 다시 말해서 나와 나의 두 남동생은 같은 부모에게서 태어난 자식들로서 같은 성을 갖게 하자고 동의했으리라고 추측한다.

상자 속에 들어 있는 편지들을 다시 읽고, 함께 들어 있는 몇몇 사진—갓난아기인 나를 품에 안은 아버지의 사랑이 뚝뚝 묻어나는 눈길은 이불처럼 아기를 포근하게 덮어주고 있다—을 보다가, 그제야 아버지는 진정으로 나를 버린 적이 없다는 사실을 새삼 깨달았다. 버리기는커녕, 아버지는 오히려 모든 의미에서 나를 인정했다. 아버지의 인생에서 사라진 건, 어린 소녀 시절의 나였다. 나는 아버지의 품에서 떨어져 나왔고, 그건 분명 무척 고통스러운 일이었을 터였다. 우리는 서로를 오해했다. 그렇긴 해도 나는 나를 향한 아버지의 사랑이 아버지를 향한 나의 사랑에 뒤지지 않았다는 걸 잘안다. 늙은이가 되기 전엔, 나는 아버지 역시 당신이 버림받았다고 느꼈으리라는 걸 꿈에도 생각하지 못했다.

14

"고향을 등진다는 것은,
인간에게 있어서
어떤 방식으로든
영혼의 명징함을 둔하게 만든다."
파블로 네루다, 《사랑하고 노래하고 투쟁하다》

파리 근교 센에마른 도의 한 예쁜 마을 나무 그늘 밑에
서 만난 친구들과의 점심 식사 모임. 대화는 정체성을 주
제로 이어졌는데, 그럴 만도 한 것이 모인 사람들 모두가
여러 개의 국적을 가진 데다 여러 언어를 구사하는 사람
들이었기 때문이다. 더러는 정치적인 이유로 망명자가
되었고, 더러는 결혼이나 직장을 이유로 모국을 떠났다.
우리는 아름드리나무 아래서, 풍성한 음식을 앞에 두고
'지금 이 순간 나의 정체성은? 나의 뿌리는 어디에 있는
가?' 같은 문제를 논하는 호사를 누렸다.

　나는 두 개의 언어, 두 개의 문화를 가지고 이제껏 다
양하고 유동적인 삶을 살아왔으나, 오래도록 이러지도
저러지도 못하는 어정쩡한 상태에서 방황을 거듭해야
했던 그 두 문화를 정말로 잘 알고 있다고 자신하지는
못한다. 프랑스를 정말로 아는 것도 아니고, 미국을 정

말로 아는 것도 아니다. 항상 그 둘의 안에서, 그리고 동시에 밖에서 살았다. 외부의 자극이 닿지 않는 유리 상자 속에서처럼 안전하게 말이다.

나는 미국에서, 아니 미국에서 가장 유럽적이라고 할 만한 도시 보스턴의 한 대학, 그중에서도 유별나게 세계 여러 나라 출신의 동료 교수들이 대거 모여 있는 학과에서 학생들을 가르치며 30년 넘게 살았다. 지금에 와서야 내 인생의 상당 부분을 보낸 미국이라는 나라에 대해 거의 본 것이 없다는 사실을 깨달았다. 그저 국제적인 대도시들(뉴욕, 워싱턴, 마이애미, 시카고, 샌프란시스코)을 여행하면서 아무 불편도 느끼지 않은 게 전부였다. 어쩌면 프랑스로의 귀향과 트럼프 대통령이라는 악몽 같은 현실이 나로 하여금 '나의' 미국은 그냥 '미국', 그런 게 실제로 존재하기는 한다면 말이지만, 암튼 그런 미국과는 아무 상관이 없음을 깨닫게 해주었던 것 같다.

어느 날 저녁, 나는 동네에서 한 친구와 저녁을 먹으면서 프랑스에 대해서도 똑같은 생각을 했다. 마레 지역은 보기 드물게 시끌벅적했고, 술집이란 술집은 모조리 만원사례였으며, 유난히도 떠들썩하고 흥겨운 분위기였다. 창문이며 진열장, 벤치, 오랜 역사를 지닌 좁은 골목길들은 한 주일 전에 있었던 게이 퍼레이드 행사의 상징 색 리본을 그대로 달고 있었다. 게이 술집, 유서 깊은 대저택들, 소비 사회의 아성인 화려한 상점들이 꽉 들어찬 마레에서, 파리의 아주 작은 동네에 불과한 그곳에서 생활하면서 어떻게 감히 '프랑스'를 안다고 자신할 수 있단 말인가?

이중적인 정체성에서 기인하는 여러 가지 모순들은 내게 자주 곤혹스럽게 와 닿는다. 나는 미국에서 경력을 쌓아가는 것이 마음에 들었지만, 그렇다고 그곳에서 늙어 죽고 싶진 않았다. 오랫동안 내가 그 사회에 동화되었다고, 그 나라의 언어는 곧 나의 모국어에 버금가는 언어가 되었다고, 떠들썩하고 분주한 이민자 사회의 문화가 나의 문화가 되었다고, 나 좋을 대로 생각했다. 나는 새로운 정체성을 다져나가는 것이 윤리인 나라에서 나 스스로를 재탄생시켰노라고 믿었다. 그런데 놀랍게도 모국으로의 회귀라는 절대적인 필연성이 망각의 문을 강제로 열어젖혔다. 내가 파리를 그리워했다는 사실을 다시 돌아와서야 깨달았다. 미국에서는 늘 왠지 모르게 나 자신이 불완전하다고 느꼈는데, 내 어린 시절의 공간으로 돌아올 때까지도 그 느낌은 지워지지 않았다.

비록 지금도, 그리고 앞으로도 여전히 나는 '미국화된' 사람(긍정적인 의미에서)일 테고, 이따금씩 프랑스와 프랑스 사람들에 대해서 비판적인 눈길을 보낼 테지만, 이곳의 풍경과 이곳에서의 생활방식엔 친숙한 어떤 것, 오늘의 나를 격려해주고 원기를 북돋아주는 무언가가 있다. 세계시민으로서의 정체성을 자랑하고, 오직 하나에만 속하기를 거부해왔으며, 비교하고 관찰하고 평가하면서 배우고 앞으로 나아갔던 사람에게, 시간이 지나니 어쩔 수 없이 뿌리에 대한 향수가 솟아나고, 갈수록 더해진다는 사실을 인정하기란 솔직히 쉬운 일이 아니다.

어느 정도 나이를 먹었을 때, 나는 내가 늘 되고 싶었고, 늘 그렇게 머물러 있고 싶어 했던 젊은 여성, 단 하나의 정체성으로 축소되기를, 단 하나의 의미로 정의되기를 거부하는 여성을 저버렸다. 나는 이곳이 나의 뿌리이며, 나 자신이 이 허약하기 그지없는 뿌리에 속하는 존재이며, 따라서 나의 노년과 죽음을 그 뿌리에 의지하기로 결심했음을 깨달았다. 물론 마지막 순간까지 이방인으로 남으리라는 사실을 너무도 잘 알지만 말이다.

15

"그게 그(녀)들이었고
그게 나였기 때문이었다."
몽테뉴에게서 영감을 얻은 표현

여자 친구들끼리 모이면, 우리는 점점 더 자주 건강에 대해 이야기하는데, 우리는 이런 대화를 가리켜 '넌 어디 아파' 식 대화라며 농담을 하곤 했다. 지금보다 더 젊고, 지금보다 훨씬 더 자주 여행을 다니던 때, 우리의 짐 가방엔 책이 가득했다. 그런데 지금은 약 봉투가 가득한 가방을 끌고 다닌다. 스무 살 때, 우리는 사랑에 대해서 이야기했고, 서른이 되자 일에 대해서 이야기했는데, 마흔이 넘자 청소년에 대한 이해 불가능성, 커플의 어려움 등을 화제에 올렸고, 쉰 줄에 들어서자 리프팅을, 예순이 되면서는 퇴직과 각종 계획(여행, 자원봉사, 요가 등)이 수다의 단골 주제가 되었다. 그리고 지금은….

더러는 20년, 30년, 40년 전부터 알고 지낸 사이다. 심지어 50년 지기들도 있다. 대학가에 저항운동이 한창이던 시절엔 여자 친구들과 우리가 혁명이라고 부르던 모험을 함께했다. 수업 시간이면 그 친구들과 함께 먼지 않은 고리타분한 제도나, 같은 소리를 하고 또 하는 나이 든 교수들이며 불공정하고 건전하지 못한 사회를 한껏 조롱했다. 우리는 젊음의 항거, 불확실한 장래에 대한 스트레스, 열정적인 사랑과 고통스러운 이별 등을 공유했다. 나는 친구들이 평생의 반려자라고 여겼던 남자들에게 버림받았을 때 그들을 위로해주었고, 임신 중절 수술을 받으러 갈 때 함께 가주었다. 그런가 하면, 첫 직장을 구할 때의 불안감, 반복적으로 이어지는 열정과 결별의 고통을 함께 나누었으며, 그러는 가운데 항상 웃음과 지지, 애정, 기나긴 대화, 불굴의 연대감을 소중하게 가꿔나갔다.

이에 비해서 성숙기의 우정은 일이 중심축 역할을 했다. 나는 친구들이 논문, 책 등을 집필하고, 대중 앞에서 유창하게 발언하며, 명망 있는 학회에 초대 받는 모습도 지켜보았다. 우리는 서로가 서로의 버팀목이 되어주면서, 부족한 자신감, 남을 기만하는 행위를 하고 있다는 자책감 등으로부터 집단 보호 노선을 택했다. 우리는 편견과 불공정에 대해 함께 서로를 위로했다. 친구들의 성공을 함께 기뻐했고, 커플들의 결별 소식이나 개인적인 혹은 경력면에서의 실패에 함께 슬퍼했다. 이렇듯 한결같은 유대감 덕분에 우리는 언제나 스스로를 좀 더 강한 존재로 느낄 수 있었다. 이렇게 말하면서 때로는 몹시 과격하기도 했던 분노와 실망, 절교 등에 대해 함구한다면, 위선이라 할 것이다. 하지만 그건 내가 그리는 그림에서 아주 작은 부분에 지나지 않는 것이 사실이다.

우리의 우정이 처음으로 사막을 가로지르는 것 같은 시련에 봉착하게 된 건 친구들이 아기를 낳고, 그로 인해 일과 가정 사이에서 균형 찾기가 어려워지기 시작했을 때였다. 이렇게 되자 친구들은 육아라고 하는 새로운 일, 새로운 발견, 새로운 책임으로 전전긍긍하게 되었는데, 그것만은 내가 함께 나눌 수 없는 경험이었다. 결국 나는 10년 정도가 지난 후에야 비로소 예전의 친구들을 완전히 되찾았고, 우리가 함께 공유한 삶의 끈, 잠시 느슨해졌지만 결코 돌이킬 수 없이 끊어져 버리지는 않았던 그 끈을 다시금 이어갈 수 있었다. 그러다가 대략 10년쯤 전부터 우정의 두 번째 사막을 가로지르는 중인데, 이름하여 '할머니 정체성'에서 기인하는 사막이다. 친구들은 일과 격한 감정들로 말미암아 바쁘고 정신없이 지내느라 정작 자식들과는 맺을 수 없었던 특별한 관계를 손주들과는 평온한 마음으로 유지해가고 있다. 매사에 시간적 여유가 생긴 지금, 친구들은 남아도는 애정과 배려를 손주들에게 쏟아붓고, 손주들 일이라면 둘째가라면 서러워할 정도로 인내심과 자부심을 발휘했다. 할머니가 된 친구들은 그들의 자식들을 똑 닮은, 그러니까 어느 정도는 자신도 닮은 손주들의 재롱 앞에서 끊임없이 감탄하고 놀랄 준비가 되어 있었다.

인생에서 맞이하는 이 새로운 과정으로 말미암아 나의 내면에서는 버림받았다는 심각하고도 고통스러운 감정이 치고 올라왔다. 크리스마스 때나 학교 방학 기간이면 그런 감정은 한층 더 깊어졌다. 물론 친구들은 항상 내 곁에 있었고, 나를 기쁨으로 채워주었으므로 그들에게 내가 얼마나 소중한 존재인지 충분히 인식할 수 있었고, 무슨 일이 있으면 항상 그들에게 의지할 수 있음을 느낄 수 있었다. 그렇지만 이따금씩 내가 그들의 관심사와 우선순위에서 멀리 떨어져 있다는 느낌이 드는 것 또한 어쩔 수 없었다. 그럴 때면 친구들이 예전처럼 외출이며 여행을 즐길 여유가 없다는 사실을 서글퍼할 수밖에 없다.

나는 친구들이 들려주는 자잘한 여러 사건을 귀담아듣고, 때로는 지나치다는 느낌마저 들 정도로 기뻐하며 돌보는 손주들의 사진을 찬찬히 들여다보았다. 그러면서 매번 남들과 다른 나의 차이점과 고독이 심화되는 것을 느꼈다. 나는 퇴직에 대처하는 친구들의 방식을 지켜보았다. 테니스에서 자전거 타기로, 자전거에서 요가로 바꿔 타는가 하면, 자신들이 퇴직자가 되었다는 사실을 잊어버리려는 듯 미친 듯이 바쁜 일상을 보내기도 한다. 자식들과 친구들 그리고 시간이 더 지난 후에는 손주들의 흥미를 끌 만한 장소인지, 반려견을 데리고 갈 수 있는 곳인지, 새로이 정을 붙일 만한 곳인지를 따지느라 망설이는 모습, 퇴직 후 삶을 시골에서 보낼까? 아예 산으로 갈까? 아니면 바다는 어떨까? 어쩌면, 그럴 만한 여유가 있는 사람이라면 두 곳에서 번갈아가며 지내는 것도, 적어도 그런 생활이 너무 피곤해지기 전까지는, 썩 나쁘지 않은 방법일 것이다. 요컨대 약간의 불안감을 안고서 거주할 장소뿐만 아니라, 늙어갈 장소를 물색하는 것이었다. 그리고 터놓고 그렇게 고백은 하지 않지만, 그곳은 죽을 장소가 되어주어야 할 터였다.

나의 젊은 시절 그리고 성숙기의 친구들 역시 이제 인생의 내리막길로 접어들었다. 비록 본인들이야 '활기 찬 젊은 시니어'라고 주장하지만 말이다. 하지만 제아무리 용기백배하여 투쟁을 벌인다고 해도, 날마다 새롭게 나타나는 신호는 우리가 처한 숫자적, 생물학적, 정서적, 지적… 상황을 냉정하게 상기시켜준다. 예전에 비해서 피로를 느끼는 속도가 빨라지는 것을 어쩌겠는가. 야심 차게 세웠다는 계획도 속을 들여다보면 전에 비해서 훨씬 소박하고, 과거지사에 대한 추억만 훨씬 더 또렷해진다. 매사에 신체적으로나 정서적으로 눈에 띄게 소심해지는가 하면, 주름살이 한층 깊어지고, 내딛는 발걸음은 훨씬 조심스러워지며, 몸의 구석구석이 점점 더 자주 속을 썩인다.

오늘 우리는 영화며 책, 사고와 경험치, 여행과 정치

등에 대해서 열띤 토론을 벌였다. 하지만 우리의 대화는 결국 건강 문제로 귀결되고 말았는데, 지금까지는 그래도 대수롭지 않은 선에서 유지되는, 약간 걱정되는 정도의 문제들이었다. 한 친구는 위장 계통, 다른 친구는 눈과 시력, 또 다른 친구는 다리의 불편함을 호소한다. 각종 알레르기며 치아, 등 통증, 초기 류머티즘, 건망증, 탈모 문제를 털어놓는 친구들도 있었다. 매번, 고해성사 하듯, 자신을 찾아온 새로운 증세를 고백하는 기분이다.

우리는 만날 때마다, 가장 최근에 본 공연에 관한 소감, 모두의 부러움을 산 멋진 구두, 예쁜 귀고리 등을 구매한 상점 이름 공유하기 등을 끝내고 나면 곧 가정의학과 의사, 물리치료사, 침술사, 자연요법 치료사, 회음부 재활 전문 간호사, 유방 초음파를 찍어주는 방사선과 의사, 대장 내시경 검진을 위한 소화기내과 전문의, 제일 싼 값에 골밀도 검사를 받을 수 있는 검사소를 비롯하여, 보다 위중한 경우, 각종 전문의 내지는 외과 의사들 연락처 주고받기로 넘어간다. 각자 자기들이 겪은 경험담을 들려주면서, 몸의 현상 유지를 위해서는 어쩔 수 없이 점점 더 많은 시간을 전문가라는 사람과 보낼 수밖에 없는 현실에 서글퍼한다. 누군가가 세세한 증세까지 다 털어놓으면, 대개는 고개를 끄덕이면서 자기들도 알고 있는 증세임을 드러내고, 아직 모르던 사람들은 언젠가는 자기들에게도 필요한 정보가 되리라고 여기면서 열심히 메모를 한다.

우리보다 젊은 사람들과 함께하는 자리라면, 그런 화제는 최대한 피한다. 젊은이들이 소식을 물으면, 그것이 진심으로 답을 듣기 위한 질문이 아님을 잘 알기에, "잘 지내!"라고, 심지어 가끔은 호기를 부리며 "상태 최고!"라고 대답한다. 하지만 슬슬 망가져가기 시작하는 몸을 가진 여자들끼리의 연대 속에서 남다른 유대감이 돈독해진다. 그럴 때면 우리들 각자는 마음속 깊은 곳에서 어느 친구가 제일 먼저 중병을 진단받게 될지 불안에 떤다.

우리 모두가 그렇듯이, 내 친구들도 모두 늙었다. 이렇게 말하면 너무 가혹하다고 싫어할 수도 있겠지만, 그래도 나는 친구들이 예전에 보여주었던 싱싱함, 섬세한 이목구비, 탱탱한 볼과 환한 미소를 지금의 모습과

연결 짓기가 너무 힘들다. 전에 비해 훨씬 느려진 친구들의 굼뜬 동작, 신뢰하기 어려운 기억, 흔쾌하지 못한 희미한 미소, 주름지고 늘어진 목을 관찰하노라면, 그 친구들이 예전에 지녔던 열정, 거머쥔 문학적 성공, 모험 정신으로 충만했던 우리의 여행, 활기 넘치던 우리의 회합을 생생하게 추억하는 데 애를 먹는다. 나는 나와 관련해서도 받아들이기 어려운 시간의 매정한 흐름을 친구들과 관련해서도 체념하듯 잠자코 수긍하기가 어렵다.

우리는, 아직은, 죽음에 대해 진지하게 이야기하지 않는다. 비록 주위에서 사례가 조금씩 눈에 띄기 시작하는 것 같긴 하지만, 죽음이 아직은 멀리 있다고 생각한다. 그렇긴 해도 대화 가운데 은연중에 "난 절대 추레한 양로원에서 하루 종일 누워 지내는 노인이 되진 않을 거야", "안락사 관련법은 어떻게 되어가고 있지?" 같은 문장이 끼어드는 건 어쩔 수 없다. 요컨대 우리 모두는, 아직 먼 일이라고 애써 외면하면서도, 자살이나 스위스에서 이루어진다는 합법적인 죽음 프로그램의 장점 또는 자연의 순리에 순응할 때―특히 잠자는 동안 숨을 거두는 호사—의 이점 등에 대해 논쟁을 벌이는데, 따지고 보면 벌써 인생의 마지막에 대해서 이야기하기 시작한 거나 마찬가지다. 우리는 너나없이 모두 고통과 도를 넘는 쇠락은 거부하는 입장이지만, 십중팔구, 바라는 대로 거기서 완전히 벗어나는 건 불가능하리라는 걸 잘 안다.

또한 우리들 가운데 어느 누구도, 건강검진을 할 때마다, 이번에야말로 피할 수 없는 진단이 내려질 것인지, 모든 것이 돌이킬 수 없이 무너져 버리는 순간을 맞이하게 될 것인지 자문하는 일을 피할 수 없을 거라고 짐작한다. 마침내 마지막 단계에 접어든 건 아닌지 그리고 그 끝에는 죽음이 기다리고 있을 거라 추측하게 되지 않을까. 당연히 불안하고 서글플 것이며, 병고와 애도가 뒤따를 것이다. 이 모든 것이 우정을 깨뜨리진 않을 테지만, 이 모든 것으로 말미암아 우정이 중단되고, 때로는 그 방식이 아주 잔인할 수도 있고, 일시적일 것으로 생각했던 중단 상태가 영원으로 굳어질 수도 있다. 그렇지만 내가 확신하는 한 가지는, 우리 앞엔 아직도 순수한 웃음, 끝없이 이어지는 대화, 아무도 쓰러뜨

릴 수 없을 정도로 견고한 연대의식, 늘 함께한다는 암
묵적인 동조 의식이 굳건히 버티고 있다는 사실이다.
적어도 운명이 우리를 영원히 떼어놓기 전까지는.

16

"포기할 때를 아는
지고의 멋스러움."
시도니 가브리엘 콜레트, 《여명》

점점 더 어찌해야 할지 몰라 곤혹스러운 나머지 나는 노화에 당면하여 이처럼 예기치 않게 몹시 격렬한 동요를 겪어야 했던 작가들을 찾아보았다. 책들이 나의 젊음을 해방시켜주었으니, 어쩌면 이 고통스러운 통과의례도 무사히 치르도록 도와줄 수 있지 않을까? 그런데 퍽이나 놀랍게도, 이런 주제를 다룬 문학작품은 매우 드물었다. 노화에 대해 글을 쓴 여성 작가들 자체가 아주 드문 데다, 1인칭으로 서술하는 경우는 더더욱 눈에 띄지 않았다. 나는 서른 살 무렵의 나에게 결여되어 있었던 새로운 눈으로 콜레트의 작품들을 다시 읽었다. 그때의 나는 이 작가가 다루는 몇몇 주제가 나의 관심사와는 무관하다고 치부했던 것도 같다. 이번에 특별히 '포기'에 대해 쓴 글들을 다시 읽어보았는데, 콜레트는 자신이 쓴《여명La Naissance du jour》에서 포기를 '귀로'라고 표현하고 있었다.

콜레트에게 포기란 육체적 사랑에 대한 포기를 뜻했다. 그녀는 자신보다 젊은 남자에게로 향하는 사랑으로부터 자꾸만 눈을 돌리고, 애써 새로운 단계로 넘어가기로 결심한다. 그러니까 "[그녀가] 죽고 사는 일이 거기에 달려 있지 않게" 되어버리는, 요컨대 그녀로서는 최초의 포기에 대해 대단히 서정적 향수를 담아 표현한다. 그런데 그것이 과연, 한 여성에게 있어서, 가장 어려운 포기 가운데 하나라고 할 수 있을까?

콜레트가 얼마나 대단한 평정심을 발휘했던지, 글을 읽는 동안 "여자에게는 부유해지는 일만 남았다는" 나이에 얼른 도달하고 싶은 마음이 들 정도였다. 콜레트는 동물과 자연에 대한 사랑과 글쓰기, 맛있는 음식, 지나간 열정들에 대한 추억 덕분에 부유해졌다. 그렇긴 해도 이처럼 근사하고 지혜로 가득 찬 문장들을 쓰던 시절의 콜레트에게는 그녀보다 열여섯 살 연하인 모리스 구드케Maurice Goudeket가 있었으며, 그는 결국 콜레트의 세 번째 남편이 되었다는 사실을 분명히 해두어야겠다. 그렇기 때문에 나는 그녀가 말하는 평온한 포기라고 하는 것을 어느 정도 미심쩍은 눈으로 바라보는 것도 사실이다.

반면 보부아르로 말하자면,《노년La Vieillesse》이라는 제목의 개척자적인 작품에도 불구하고, 여성의 노화를 매우 엄격하고 염세적인 시선으로 바라보고 있다.《위기의 여자La Femme rompue》에 수록된 몇몇 단편은 일정한 나이에 이르면서 급격하게 위기를 맞이하게 되는 여자 주인공들을 통해서 전적으로 일이라는 축을 중심으로 돌아가지 않는 삶이 초래하는 재앙적 결과를 보여준다. 이는 노동 현장에서 현역으로 활동하던 시기가 마무리되어도 지혜와 인내로 그럭저럭 버텨나가는 남편들의 삶과는 대조적이다. 남편들은 덜 경직된 태도를 보이며, 훨씬 쉽게 현실을 받아들이고, 뒤늦게 새로운 삶―직업 생활이건 성생활이건―을 시작하는 데 훨씬 개방적인 태도를 보인다.

그런가 하면, 수전 손태그Susan Sontag는 1972년에 발표한 장문의 에세이에서 노화라는 주제를 다루면서 사회가 남성의 노화와 여성의 노화를 다루는 방식의 차이에 주목한다. 그녀는 여성들에게 진실을 두려워하지 말라고, 자신들의 욕망에 충실하라고, 얼굴에 자신들이 살아온 삶을 고스란히 새겨두라고 권유한다.

　노엘 샤틀레Noëlle Châtelet가 제안하는 해결책은, 비록 우화적인 형태로 등장한다고는 해도, 보다 급진적이다. 가령 그녀는 노화를 앞당기자고 주장한다. 무슨 말인가 하면, 오십 대에 접어들면 약간 이르다 싶을 때부터 바로 광적인 리듬으로 일이나 사회생활, 성생활에 몰두하는 삶, 곧 생산성의 노예가 되거나 쓸데없는 관계에 얽매이기를 거부함으로써 노화에 미리 대비하자는 것이다.《파란 옷을 입은 여인La Dame en bleu》의 여주인공 솔랑주는 '그때까지 줄곧 지니고 살아온 용감한 병정의 이미지'와 '매력적인 여전사라는 오래된 갑옷'을 대번에 떨쳐버린다. 노화의 표시를 애써 감추는 대신 그녀는 자신의 얼굴과 몸에 처음으로 나타나기 시작하는 방치의 신호들을 애정 어린 눈으로 관찰하면서 느림과 쓸모없음, 투명인간처럼 남의 눈에 보이지 않기, 안락함, 욕망 부재가 주는 행복과 자유를 새로이 발견한다. 솔랑주는 심지어 자신의 어머니를 위해 체험해본다는 핑계를 대며 요양원(한껏 이상화된 공간)에서 보내는 평온한 순간들을 만끽하기도 한다.

이렇듯 20세기를 대표하는 여러 표본들 가운데 나는 브누아트 그루가 나와 제일 가깝다고 느꼈다. 브누아트 그루의 《별표 자판 La Touche étoile》은 대단히 용감한 증언이다. 그녀는 몸이 퇴화하기 시작하면서 자신이 타인의 눈에 점점 더 투명인간이 되어가기 시작하는 처음 몇 년 동안 맞닥뜨리게 되는 어려움을 부정하지 않는다. 그녀에게 있어서 페미니즘은 항상 아이들과 남편, 연인, 동료, 일, 글쓰기와 공존했다. 그녀는 학생혁명으로 기억되는 1968년 5월의 광풍이 지나간 후, 이제 여성해방운동 MLF(그리고 그녀도 함께)은 대중의 총애를 잃게 되었음을 인정함으로써 상당한 통찰력을 입증해 보였다. 그렇다고 해서 그녀 자신까지도 연민에 빠진다거나 회한과 씁쓸함 속에 함몰된 건 아니었다. 브누아트 그루는 언제나처럼 유머와 솔직함, 에너지를 잃지 않았으나, 그렇다고 서글픈 회한의 순간을 기억에서 지워버리지는 않았다. "늙는다는 건 가장 고독한 항해 여정들 가운데 하나"라고 고백할 때는 특히 그 같은 서러움이 느껴진다.

호기심이 발동한 나는 내친김에 '비아그라 이전' 세

대 남성들 쪽은 어떤지 간략하게 살펴보았는데, 동년배 여성들과는 달리 이 문제에 대해 활발하게 이야기하는 남성들이 적지 않았다. 우선 존 맥스웰 쿠체John Maxwell Coetzee[*], 앙리 드 몽테를랑Henri de Montherlant[**], 세르주 두 브롭스키Serge Doubrovsky[***], 필립 로스Philip Roth[****], 알베 르 코앵Albert Cohen[*****] 등은 특히 기력—여기서는 성생활과 관련된 역량이 대표적이지만 반드시 그것만을 지칭하 지는 않는다—의 약화가 야기한 심적 동요를 절절하게 묘사한다. 기력의 약화 뒤에는 곧 죽음이 이어진다. 이 들이 창조한 남성 등장인물들은 자신들의 수컷성에 균 열이 생기는 순간을 가능한 한 최대로 늦추기 위해서 자 위, 판타지, 포르노그래피, 알약, 주사, 멋지고 자신들보다 훨씬 젊은 여자—혹은 남자—파트너(그런데 희한하게도 이들 등장인물은 놀랍게도 아무런 문제 없이 이 파트너들을 유혹하는 데 성공한다) 등의 다양한 전략을 구사한다.

우리를 덮쳐오는 나이의 잔인한 공격, 그리고 그것에 맞서려는 처절한 투쟁은《이 선을 넘어가면 당신의 티켓은 더 이상 유효하지 않습니다Au-delà de cette limite votre ticket n'est plus valable》를 쓴 로맹 가리Romain Gary의 펜 끝에서 유난히도 강력한 흡인력을 지닌다. 이 작품에 등장하는 주인공은 제법 크게 사업을 하는 육십 대 남자로, 굉장히 젊고 예쁜 브라질 여자를 사랑한다. 남자는 성불능에 대한 강박관념 때문에 온갖 해결책을 찾아다니는데, 그중에서 제일 효과가 좋은 것은 반복적인 성적 판타지로, 맥없이 비실거리는 화자는 그 판타지 속에서 안달루시아 출신의 기운 좋고 원초적이며 야성적인 남자가 되는 상상을 한다. 작가는 백인 남성의 보잘것없는 성 기능과 퇴폐적인 상태에서 근근이 맥을 이어가는 현대 문명(그중에서도 특히 유럽 문명)을 연결 짓는다. 성기능과 경제력을 유지하려는 절망적이면서 환상에 불과한 투쟁이, 그의 눈에는 서양의 쇠락 그리고 백인들보다 힘센 해외 노동자들에 의존해야 하는 서양의 처지와 궤를 같이하는 것으로 비치는 것이다.

수컷성이라는 백해무익한 신화에 의해 약세에 몰린 남성들 역시 노화—성 불능은 노화를 보여주는 대표적이고 구체적인 최초의 신호들 가운데 하나이며, 이는 당사자들을 절망의 구렁텅이로 몰아갈 수도 있다—로 인한 동요로 고통받는다는 사실엔 의심의 여지가 없다. 하지만 이 주제에 관해 글을 쓴 여성들 중에 자신들의 개인적인 쇠락을 보다 광범위한 사회의 쇠락과 비교한 사람은 아주 드물다. 그 까닭은 어쩌면 여성들은 어차피 힘이나 권력을 가져본 적이 없으므로 그걸 잃을 수도 있다는 두려움 따위는 느끼지 않기 때문이 아닐까.

17

"교육이란 빈 화병을 채우는 것이 아니라
불을 붙이는 것이다."
중국 속담

'나의 삶은 유용했던가?'

그 여름에 나는 계속 이 질문을 곱씹었다. 따지고 보면 나는 그저 공부만 했고, 그런 다음엔 가르치기만 했다. 초등학교에서 대학까지. 마치 은둔자처럼, 오직 하나의 세상만 알았고, 그 세상은 나의 피신처였다. 운 좋게도 나는 전통적인 방식으로 가르쳐야만 하는 의무에서는 자유로울 수 있었다. 학생들에게 오로지 취업 준비만 시키는 선생이 되고 싶진 않았다. 미래의 문학 교수를 양성한다 해도 그들 중 상당수가 취업 후 얼마 되지 않아 실직 상태에 놓일 것이 자명하니, 난 그런 일은 하고 싶지 않았다. 나는 저서에 각주를 달고, 끝없이 이어지는 참고 문헌을 작성하는 데 자기가 가진 에너지를 다 소모하는 고리타분한 대학교수는 되고 싶지 않았다. 나는 내 인생을 먼지투성이 고문서 보관실이나 자기들끼리만 아는 말로 쉴 새 없이 떠들어야 하는 학회장에서 보내기도 싫었고, 과학적인 접근을 시도한다면서 알쏭달쏭하기만 한 논문을 쓰느라 진을 빼기도 싫었다. 나는 내 강의를 택하는 파릇파릇하게 젊은 남녀 학생들의 머리와 가슴 속에서 문학이 살아서 숨 쉬도록 하고 싶었다.

내가 좋아하는 일, 그건 바로 사회적으로나 지적으로 그다지 형성되지 않은, 그래서 대학에 들어오기 전에 기계적으로 습득한 것들 외에는 자기만의 의견이나 신념이 거의 없는 상태의 젊은이들에게 글을 읽게 하고, 생각하게 하고, 토론하게 하며, 그들이 가진 고정관념이나 편견에 대해 문제의식을 갖게 하는 것이었다. 그들은 기꺼이 길을 잃고 방황하면서 자아를 찾아가야 하는 나이였다. 나는 나의 서술 취향을 그들과 공유하고, 그들로 하여금 익숙한 세계를 향해 질문을 던져 그 세계를 좀 더 확실하게 이해함으로써 온전히 자기 것으로 삼거나 결별해가면서 차츰 자기 자신이 되어가도록 이끌어주고 싶었다. 나는 철저히 나의 방식대로 가르칠 수 있는 자유를 보장해주는, 수업 시간에 개인 컴퓨터만 처다보면서 조는 학생들—그 때문에 학기가 끝나도록 내가 이름도 익히지 못하는 학생들—에게 무조건 주입식 강의를 하라고 강요하지 않는 학교에서 일하는 굉장한 행운을 누렸다.

나는 언제나 쌍방통행식 수업을 선호했다. 내가 토론거리를 던져주면 학생들은 휙 날아올라 그걸 덥석 물고는 치열하게 논쟁을 벌이는 것이었다. 열정적인 독자로서, 나는 그들에게 다양한 이야기, 다양한 사상, 다양한 인물들에 대한 애정을 전수해주고자 노력했다. 나는 개인적인 관심사와 열정이 변해가는 데에 따라 거의 해마다 새로운 강의를 개설하곤 했는데, 그러면서도 내가 보기에 젊은이들이 반드시 보다 잘 이해하고 분석하고 해체해볼 필요가 있다고 생각되는, 말하자면 진화 중인 현실을 잘 반영하는 책들을 고르려고 신경을 썼다. 나는 한 번도 지루하거나 따분하지 않았다. 이 강의들이며 강의 준비를 하기 전까지는 알지 못했던 책, 영화들 덕분에 많은 것을 새로 알았다. 그리고 물론 학생들로부터도 아주 많은 것을 배웠다.

사실 나는 새내기 교수 시절엔 여러 여학생들 가운데

하나로 보이기도 하다가, 차츰 내 어린 제자들의 큰언니뻘 나이에 이르렀고, 이윽고 그들의 엄마나 이모 나이가 되었다. 내가 학생들의 엄마 나이가 되었음을 깨달았을 때, 나는 교직을 떠났다. 스스로 같은 소리를 반복하기 시작했음을 알게 되었으며, 무엇보다도 초창기 교수 시절 이후 너무도 많이 변한 대학 사회를 점점 더 이해할 수 없게 되었기 때문이었다. 내가 학생이던 시절에 그토록 맹렬하게 비판했던 나이 든 교수들처럼, 나 또한 서서히 그러나 돌이킬 수 없이 전위에서 후위로 이동한 것이었다.

해를 거듭할수록 나는 신세대 학생들에게 책이란 절대 무익하지 않으며, 사실을 말하는 것도, 선善도 아니며, 더구나 손쉬운 답을 제공—때로는 아예 답이라는 것이 없을 수도 있다—해주는 것도 아니라는 사실을 납득시키기 위해 점점 더 많은 에너지와 더 많은 전략을 동원해야 했다. 그런가 하면 학생들의 주의력 수준으로 말미암아 독서와 성찰의 속도는 점점 더 느려졌다. 그러자니 하나의 글을 주제로 모여 앉아 그 책을 새롭게 발견하고 거기에 대해서 이야기를 나눈다는 것이 점점 더 우스운 꼴이 되어갔다. 학기 초에 400쪽쯤 되는 장편소설로 강의를 시작한 나는 차츰 100쪽을 넘지 않는 글을 선택할 수밖에 없었다. 아울러 집중하는 시간이 짧은 신세대 학생들의 주의력을 감안하여 시각 매체 쪽으로 옮아갔다. 나는 내 학생들이 이제는 다른 종류의 재능을 지니고 있으며, 그들만의 방식으로 삶과 학업을 대한다는 사실을 인정하지 않을 수 없었고, 그걸 인정하는 순간부터 그들과의 대화를 최대한 오래 이어나갈 수 있도록 노력했다.

유명 대학들의 분위기 역시 그사이에 많이 바뀌어서, 나는 경제적인 성과만을 높이 평가하는 대기업에서 일하고 있다는 기분이 들었다. 우리 '고객들'(우리 학생들)의 부모가 지불하는 엄청난 액수의 학비를 정당화해야 했으므로, 우리는 이들에게 '유용한' 과목들을 가르침으로써 이들이 수입 좋은 직장에 취업할 수 있도록 준비시켜야 마땅했다. 그러므로 학생들을 넓게 열린 세상으로 인도하고, 내가 새내기 교수이던 시절에 인문학의 주축을 구성하던 언어를 그들에게 전수해준다는 건 말도 안 되는 소리였다. 교양이란 학업 결과가 말해주는 것이었다. 대학들 간의 경쟁이 어찌나 살벌한지 끊임없이 우리 대학이 단연 '넘버 원'임을 증명해 보여야 했다. 다른 대학들과 경쟁해서 더 나은 학생들을 끌어모으기 위해, 그러면서 동시에 학생들이 안락하게 여기는 적정선, 다시 말해 그들이 능수능란하게 다루는 각종 화면과 '뉴스피크Newspeak'로 이루어진 신세계로부터 멀리 떨어뜨리지 않으려면, 점점 더 첨단기술에 의존하는 기발한 디지털 전략을 고안해내야 했다.

교수 경력에 마침표를 찍는 날까지, 나는 경이로운 학생들과 동료들을 만나는 호사를 누렸다. 그렇지만 이제는 더 이상 새로운 언어를 배울 나이도 아니고, 그런 걸 배우고 싶은 욕망도 없다. 더는 바뀌고 싶은 마음이 없으니, 일정한 수준을 넘어서면서, 나는 새로운 방식을 비판만 해대고 자신들을 은근히 경멸하는 젊은 동료 교수들에게 잔소리만 늘어놓는 꼰대 교수가 되느니 차라리 떠나는 편을 택해야 했다. 더 이상 안내자 역할을 할 수 없게 된 나는 이방인이 되어버렸고, 그런 상태로 계속하는 건 아무 의미도 없었다.

어쩌면 나에게 자식이 없어서인지 모르겠으나, 난 항

상 전수해주어야 한다는 강박관념과 그에 따른 또 하나의 중요한 질문, '즉 무엇을, 어떻게, 누구에게 전수해주어야 하는가?'라는 질문을 떨쳐버릴 수 없었다. 이 질문은 지금까지도 내 머릿속을 맴돈다. '나는 과연 쓸모 있는 사람이었던가? 나는 누구에겐가 영감을 주고, 그를 도와주었으며, 그를 변화하게 했는가?' 이 고통스러운 질문엔 물론, 나를 기쁨으로 충만하게 해주는 졸업생들의 이메일—이 편지들은 내가 시도한 일들이 시간과 망각에 의해 완전히 지워지지는 않았음을 알려주는 귀한 증거다—몇 통 외엔 똑 부러지게 구체적인 답이 존재하지 않는다.

18

"신은 죽었다, 마르크스도 죽었다,
그리고 나로 말할 것 같으면,
그다지 잘 지내지 못한다."

우디 앨런

늙어가면서 나는 처음으로 죽음에 대해 생각하기 시작했다. 하긴, 그 생각을 하기까지 그토록 오랜 시간이 걸렸다는 것이 오히려 참 이상하다. 가까운 사람을 여럿이나 잃은 나였음에도, 희한하게 나는 정말로 그 죽음들을 '느끼지' 못했다. 내 마음 깊숙한 곳, 진정으로 상실이라는 현실과 그에 따르는 고통을 뼈저리게 통감하는 감정의 깊은 골짜기에서 느끼지 못했다는 뜻이다. 말하자면 그 죽음들을 미리 준비하고, 그로부터 나를 보호하는 데 성공했던 셈이다. 그리고 사실 사람들이 저세상으로 갈 때 나는 한 번도 그 현장에 있지 않았다. 엄마가 플로리다에서 돌아가셨을 때 나는 보스턴에 있었고, 새아버지가 플로리다에서 사망했을 때 그리고 오빠가 너무 어린 나이에 오하이오에서 죽어갈 땐 파리에 있었으며, 아버지가 칸에서 돌아가셨을 땐 보스턴에 있었다. 우리 식구

중에서 나는 언제나 다른 사람들을 도와서 행사를 조직하고 진행하며, 위로하는 사람의 역할을 도맡았으나, 그때마다 나는 적당히 거리를 유지하는 방식으로 그 일을 해냈다. 마치 실비아 플라스라는, 유리 종 안에서 세상과는 거리를 두고 사는 사람처럼. 이 때문에 나는 내가 과연 그들을 사랑했는지, 그러니까 진심으로 그들을 사랑했는지 자문할 정도였다. 헤아리기 힘들 정도로 많은 결별이며 오해, 멀어짐을 겪은 탓에 나는 당장 해결해야 할 집안 문제에 집중하고, 분노 속으로 피신하는 편이 슬픔이 나를 무차별 공격하도록 방치하는 것보다 훨씬 쉬웠다.

진정한 슬픔, 살 속을 파고들어 숨도 못 쉬게 하는 그런 슬픔이라면, 나는 쉰 살이 지나서 내가 키우던 고양이들이 죽었을 때 처음으로 경험했다. 그때 나는 내 아버지와 통화한 내용까지도 다 기억난다. 아버지는 그무렵 칸에 사셨는데, 자신이 기르던 닥스훈트 한 마리가 죽었다고 했다. 나는 태어나서 처음으로 아버지가 우는 소리를 들었고, 그 때문에 아버지를 원망했다. 우리에게는, 자식들에게는 전혀 감정 표현이 없던 양반이

그깟 개 한 마리 때문에 그토록 통곡하다니, 정말 말도 안 돼! 한참이 지난 다음에야 그때 아버지 심정을 이해했다.

내 빨간 고양이 두 마리 가운데 하나가 죽었을 때, 난 그런 경우를 전혀 예상하지 못했으므로, 그 일을 미리 준비할 수 없었고, 따라서 이전과는 달리 대번에 무너져버렸다. 그 전에는 그런 적이 한 번도 없었다. 나는 전화로 녀석을 안락사시켜도 좋다고 동의했다. 그러고는 몇 날 며칠 동안 흐느껴 울었다. 바깥세상이 비현실적으로 여겨졌다. 얼마 후 나는 버려진 작은 새끼 고양이 한 마리를 집에 데려왔는데, 알고 보니 녀석은 태어날 때부터 심장이 기형이었다. 녀석은 웃기는 구석이 있는 데다 모험심이 강했고 장난꾸러기였다. 몇 년 동안 녀석을 보살폈으나, 어느 날 녀석의 심장이 기어이 탈을 일으키고 말았다. 그날 녀석은 반쯤 마비된 상태로 겨우겨우 몸을 움직여 옷장으로 들어가서는 나오지 않았다. 나는 그때 여행 중이었다. 조카딸이 나를 대신해서 수의사에게 녀석의 안락사를 요청했다. 나는 슬픔에 북받쳐 제정신이 아니었고, 나 자신도 이해할 수 없을 정도로 극심한 고통에 시달렸다.

은퇴 후, 새롭게 정착하기 위해 파리에 돌아왔을 때, 나는 어린 암캉아지 한 마리를 입양했다. 진부한 표현이긴 하지만, 정말이지 그 녀석은 내 인생의 마지막 사랑이었다. 얼마 전에 나는 강아지가 어느덧 일곱 살이 되었으며, 앞으로 녀석과 보낼 수 있는 시간이 그리 많이 남지 않았음을 새삼 깨달았다. 녀석은 머지않아 목줄을 쥐고 있는 주인 여자만큼이나 힘들게 걸어 다니는 늙은 개들 가운데 한 마리가 될 것이고, 게다가 병도 들게 될 것이다. 나는 녀석을 먼저 보내고 나 혼자 남고 싶지 않다고 생각했다. 애지중지 기르던 동물을 잃어본 사람이면 누구나 내 심정을 이해할 거라고 생각한다. 그렇긴 해도, 암튼 나는 나도 모르게 예기치 못할 정도로 격렬한 감정에 사로잡히고 말았다. 마치 전에는 이별이, 애도가, 죽음이 뭔지 진정으로 알지 못했던 사람처럼.

노화와 죽음에 대해서 생각할 때면, 흔히 잡지에서 지적 호기심과 창의성의 본보기처럼 소개하곤 하는 아흔 살 먹은 '선배들' 같은 지혜로움은 도저히 끄집어내지 못한다. 가령 스테판 에셀Stéphane Hessel*이나 마르슬린 로리당-이벤스 Marceline Loridan-Ivens**, 장 도르메송Jean d'Ormesson***, 미셸 세르Michel Serres****, 아녜스 바르다 Agnès Varda*****, 에드가 모랭Edgar Morin******처럼 생애 마지막 몇 년을 스토아적인 낙관주의에 입각해서 생산적이고 평온하게 맞이했거나 맞이하고 있는 이들처럼 생각하지 못한다는 뜻이다. 예외적으로 뛰어난 이 인물들은 우리를 안심시키기 위해 어쩔 수 없이 무대 전면에 세워진 게 아닐까 자문해본다. 실제로 그런 사람들은 극소수에 불과하며, 대다수 사람은 그 같은 건강을 누릴 수도 없거니와, 고통을 덜어주고 정상적인 노화며 심신의 쇠락을 최대한 늦춰주는 의료 행위에 접근할 만

- 1917~2013, 독일인으로 태어나 1939년에 프랑스로 귀화, 레지스탕스에 참여하였으며 유대인 수용소로 끌려갔다가 살아남아 외교관과 작가로 활동했다. 국내에는 《분노하라》의 작가로 알려져 있다.
- • 1928~2018, 프랑스의 작가이자 영화감독.
- ••• 1925~2017, 프랑스의 작가, 기자, 철학자.
- •••• 1930~2019, 프랑스의 철학자, 작가.
- ••••• 1928~2019, 벨기에에서 태어난 프랑스의 영화감독, 시나리오 작가, 사진작가.
- •••••• 1921~ , 프랑스의 철학자, 사회학자.

한 경제적·사회적 여건을 갖추지도 못한다.

나는 또 우리가 굉장히 오래 살게 될 것이며, 미래엔 백 세가 넘도록 사는 이들도 점점 늘어날 것이라는 소식을 전하는 기사들을 읽으면서 절망에 빠진다. 수많은 노인이 일정한 수준의 나이를 넘어서면 아무런 의미도 없으며, 삶의 질을 높이는 데에는 전혀 도움이 되지 않는 의료 행위에 지푸라기라도 잡는 심정으로 매달리거나, 인간이라고는 느껴지지 않는 에파드EHPAD 양로원•••••••• 신세로 전락하는 현실을 감안할 때, 우리는 이처럼 우리의 생명을 연장해주는 '과학이 낳은 기적' 소식에 마냥 기뻐해야 하는 걸까? 게다가 이처럼 부조리한 상황이 금전적으로나 심리적으로나 젊은 세대들—사회연금이 고갈되고 나면 그들은 노인이 되었을 때 같은 수준의 대접을 받을 수 있으리라고 기대조차 할 수 없다—을 기진맥진하게 만들고 있는데도, 우리는 그저

•••••••• Établissement d'hébergement pour personnes âgées dépendantes, 혼자 몸을 가누기 어려운 노인들에게 식사와 의료서비스, 도움 인력 등을 제공하는 요양원으로 프랑스 전국에 확산되어 있다.

오래 살게 된다니 좋아해야 하는가 말이다.

어쨌거나 잔뜩 흥분한 언론이 들려주는 신기한 장수 관련 이야기들에 나는 그다지 마음이 놓이지 않는 것이 사실이며, 그런 꿈같은 이야기들이 노화와 관련해서 나를 대번에 낙관주의자가 되도록 도와주는 것도 아니다.

죽음에 대해서라면, 아주 간단하다. 한마디로 나는 죽음을 생각할 수 없으니까. 나는 어떻게 사람들이 분명 살아 있다가 갑자기 사라질 수 있는지 도저히 이해할 수 없다. 모든 것은 그대로일 것이라고, 가령 계절은 여전히 바뀔 것이고, 도시며 산, 바다도 계속 존재할 테고, 축하받을 일들은 계속 축하받을 것이고, 예술도 영속할 테지만, 그 사실을 증언해야 할 나, 나만 거기에 없을 거라니.

나는 아무 흔적도 남기지 않을 것이다. 내가 한 행동, 내가 저지른 실수, 내가 한 노력, 나의 투쟁, 내가 거둔 승리, 내가 느낀 슬픔, 내가 받아들인 모험, 내 생각, 내가 쏟아낸 말, 이 모든 것은 더 이상 남아 있지 않을 것이다. 나는 환생을 믿지 않는다. 천당도 지옥도 믿지 않는다. 나는 그저 사람은 살고, 그러다가 죽는다고 믿는다.

지난 70년 세월 동안 나는 그럭저럭 살 생각만 해왔다. 그런데 지금 와서 그 여정의 끝을 상상하려니, 그냥 상상이 안 된다. 모든 것의 뒤에 공백만 이어질 거라니. 침묵. 그러면서도 약간의 호기심이 가미된 불안한 마음으로 묻지 않을 수 없다. 그게 어떻게 올까?

죽음, 나에게 현실감이라고는 전혀 없는 죽음이 내가 늙은이가 되어버린 그 여름 이후 줄곧 나를 따라다닌다. 나는 자살을 생각한다. 그것이 적어도 하나의 선택이 될 수 있다고, 자살은 말하자면 하나의 자유로울 수 있는 공간을 제공한다고, 가령 질병이나 그로 인한 의존적인 삶을 피해 도피할 수 있는 말미를 준다고 우겨본다.

나는 안다, 나 자신이 절대 양로원 같은 곳에 내 한 몸을 의탁할 사람이 아님을. 아이고, 그런데 타이밍이 애매하다. 사람은 언제나 적시에 필요한 결정을 내릴 수 있는 게 아니다. 나 아닌 다른 많은 사람도 나와 똑같은 생각을 했을 테지만, 막상 결정적 순간에 이르자, 한 번뿐인 목숨에서 아직 남아 있는 것, 그것이 비록 잔인할 정도로 쪼그라들었을지언정, 그것을 포기하지 않기로

했을 뿐이다. 하지만 나는 내가 과연 고통과 퇴락 그리
고 그에 따르는 절망감까지도 감내할 정도로 삶에 애착
이 있는지 의심이 든다.

19

"과거란 입국사증을 발급해주지 않는
나라이다. 우리는 오직 불법적으로만
그곳에 들어갈 수 있다."

재닛 맬컴, 《더 뉴요커》

수도 없이 이사를 다니면서도 지성스레 챙긴 상자 하나가 있다. 오래도록 그 상자에 대해서는 잊고 있었다. 그 안에 들어 있는 내용물을 정확하게 기억도 하지 못한다. 그저 내가 기억에서 지워버린 추억의 편린들이라는 사실 외에는. 그런데 그 여름의 어느 날 갑자기 간절하게 그 상자를 되찾고 싶어진 나는 집 안 곳곳을 뒤졌다. 열에 들뜬 사람처럼 점점 더 조급한 손길로 옷장이며 서랍, 지하 창고 등을 헤집었다. 어쩌면 언젠가 그 상자를 잃어버렸거나, 과거의 것이라면 왠지 너무 무겁게 느껴진 나머지 버려버린 것들 속에 끼어 있었을지도 모른다는 생각 때문에 불안이 엄습했다. 그러던 어느 날 저녁, 드디어 선반 제일 꼭대기, 손이 잘 닿지 않는 곳에 숨어 있던 상자를 발견했다. 상자 안엔 오래된 사진들이 들어 있었다. 며칠이 지난 뒤에야 비로소 용기를 내어, 그러면서도 여전히 약간 불안한 마음을 안고 들여다본 한 뭉텅이의 사진들. 나는 마치 무릎 위에 판도라의 상자를 올려놓고 있는 기분이었다. 벌써 오래전부터 나는 사진이라고는 아이폰으로 찍은 사진들, 황홀한 풍경이며 기념비적인 건축물, 각종 축제 장면을 담은 이미지들만을 보아왔다. 아름답고 유쾌하지만 매끈하기만 한 그 이미지들에서는 예전의 은판 사진들이 주는 울림까지는 느껴지지 않는다. 그건 일단 현상이라는 과정을 거쳐야 비로소 알게 되는 거니까.

사진들이 담고 있는 몇몇 이미지는, 나에게는 완전히 사라져버린 것들이었다. 이를테면 10년간의 결혼 생활 동안 공들여서 만들어놓은 앨범들 속에 꼭꼭 쟁여두었던 이미지들, 두 사람이 함께 보낸 세월의 연대기를 구성하는 이미지들이었다. 우리 두 사람이 헤어지면서 나는 그 사진들을 과거 속에 남겨두었다. 그로 인하여 솟아날 수도 있을 고통과 함께. 노랗게 빛바랜 사진들을 옷장 제일 위 선반에, 시선이 닿지 않는 그곳, 기억 속에서 지워져 있던 그곳에 꽁꽁 가둬두었던 것이다. 마음을 제일 울컥하게 만든 건 부모님의 작은 사진들이었다.

카드놀이를 하면서 손에 들고 있는 패에 재빠르게 눈길을 주듯이 힐끗 들여다본 그 사진들 속에서 나는 서로를 바라보고, 미소 지으며, 가까이 다가서서 얼싸안는 여러 얼굴들을 만났다. 젊고 행복한 그 얼굴들, 행복이 그토록 짧은 줄은 꿈에도 모르는 그 얼굴들.

나는 파리 17구의 한 아파트에서 태어난 지 몇 시간 만에 찍힌 내 사진의 존재는 까마득히 잊고 있었다. 그때 열다섯 살이었던 내 오빠는 호기심 가득한 표정으로 내 쪽으로 몸을 숙이고 있고, 엄마는 침대에서 나를 안고 있었다. 엄마의 미소엔 장난기가 그득하다. 마치 모두를 상대로 고약한 장난을 치는 데 성공한 악동처럼. 이 예기치 못한 엄마의 미소를 나는 어떻게 해석해야 좋을지 판단이 서지 않는다. 내가 아버지의 품에 안겨 있는, 드문 사진들도 몇 장 섞여 있었다. 나를 안은 아버지의 두 팔은 다정하고 애정 넘치는 몸짓을, 내가 아직 프랑스 꼬마 숙녀이던 시절에 바다 혹은 산에서 보낸 휴가처럼 내내 잊고 있었던 아버지의 그 몸짓을 보여준다. 옛날에 같은 반이었던 한 친구가 인터넷에서 내 주소를 알게 되었다면서 보내준 학급 단체 사진 속에서 여덟 살배기 다른 소녀들의 활짝 웃는 얼굴과 대조적으로 유독 나만 어디론가 심각한 눈길을 보내고 있음을 발견한다.

우리가 뉴욕에 도착하던 날 여객선 일드프랑스호에서 찍은 사진들도 눈에 띈다. 우리는 까마득히 높은 곳에서 우리를 굽어보는 고층빌딩들에 깜짝 놀란 모습이다. 그때 빌딩들 못지않게 우리를 놀라게 한 엄마의 겁에 질린 목소리는 지금도 내 귀에 거의 또렷하게 남아 있다. "자, 드디어 본격적인 망명이 시작되는구나…." 워싱턴에서 3년을 사는 동안 나는 발목까지 오는 흰 양말을 챙겨 신고 입술은 새빨갛게 칠한, 누구도 의심할 수 없는 완전한 미국 소녀로 거듭났다. 이어서 카메룬에서 찍은 사진들이 등장한다. 으리으리한 식민시대 저택에 한 줄로 쭉 서 있는 제복 차림의 하인들, 수영장, 중·고등학교 시절. 미친 듯이 록 음악에 맞춰 춤을 춰 대는 서프라이즈 파티. 참석자들 모두 가면을 쓰고 노는 광란의 밤, 셔츠 단추를 여러 개 풀어서 탐스러운 가슴을 보여주는 꽃미남 소년들, 아, 나의 풋사랑.

이윽고 시대는 바뀌어 다시 워싱턴이다. 긴 드레스에

흰 사각모 차림으로 졸업식에 참석한 나는 자랑스러워하기는커녕 불안한 기색이다. 이스탄불에서는 모든 것이 환하다. 잊지 못할 2년, 내 인생의 마법 같은 시절. 빛으로 가득 찬 매력적인 이스탄불의 아름다움, 보스포루스해협을 향해 앉은 캠퍼스, 그리고 진정한 의미에서 나의 첫사랑이라고 할 수 있는 뮈니르와 그의 기타.

또다시 미국으로 돌아온 나의 남녀 대학 친구들과 젊은 히피 교수들은 모두 베트남 전쟁 반대 운동에 동참했다. 정치의식에 눈을 뜬 나는 코미디 뮤지컬 〈헤어〉의 등장인물 같은 차림새다. 나의 두 번째 사랑은 독자적인 스키장까지 보유한 이 명문 대학에서는 보기 드문 노동자 계급 출신 학생이었다. 그는 약간 구부정한 자세에 긴 머리, 덥수룩하게 숱 많은 콧수염을 기른 채 입에는 늘 담배를 물고 다녔다. 줄줄이 이어지는 이른바 내 인생의 배드보이들 가운데 최초의 인물. 그들과 어울리면서 나는 진정한 반항, 즉 여자아이들에게 가르치는 덕목엔 들어가지 않는 반항이란 것이 무엇인지 이해했다. 교과 과정을 마저 이수하기 위해 나는 프로비던스로 떠나고, 거기서 세 번째 사랑이 시작된다. 영국 출신 마르크스주의 경제학자인 그는 아프리카식 헤어스 타일에 덥수룩한 콧수염을 고집했고, 밥 딜런의 무조건적인 팬이었으며, 위스키를 엄청나게 마셔대고, 오로지 혁명 서적만 탐독하는 괴짜였다.

나는 계속 상자 속 내용물을 파헤쳤다. 직장 생활을 시작하던 무렵의 내 모습. 입에는 담배를 물고서 깔끔하게 관리된 대학 캠퍼스의 잔디밭에서 과장된 몸짓을 하고 있는 나. 그런 나를 동경 어린 눈길로 바라보는 어린 여학생들. 우리는 너나없이 모두 'MERDRE'라는 단어가 대문짝만하게 찍힌 티셔츠 차림인데, 이제 막 〈위비 왕Ubu roi〉을 읽고 난 참이었다.* 사진 속의 나는 빨강 머리다.

보스턴으로 옮겨온 이후의 사진들은 보다 민감하게 나를 건드리리라는 점을 잘 알고 있다. 네 번째 사랑이

---

* 〈위비 왕〉은 프랑스의 극작가 알프레드 자리Alfred Jarry가 쓴 5막짜리 희곡으로, 사뮈엘 베케트, 외젠 이오네스코 등이 쓴 부조리 연극의 출발점이 되었다고 평가받는다. 'MERDRE', 즉 프랑스어에서 똥을 뜻하는 merde에 r자가 괜히 하나 더 들어간 merdre는 자기 마음대로 왕이 된 위비가 온갖 악행을 자행하면서 내지르는 감탄사이다.

시작되었고, 상대는 배드보이와는 정반대되는 사람이었다. 눈 내리는 매사추세츠주에서의 결혼식. 그날 나는 스모킹 차림이었다. 사람들은 미친 듯이 춤을 추었고, 엄마는 눈물을 보였다. 이런 날은 절대 찾아오지 않으리라고 생각했던 엄마. 앨범 사진은 그날을 끝으로 더는 없다. 난 우리의 결혼식 이후 사진들이 담겨 있는 앨범들일랑 가져오지 않았으니까. 지금도 나는 그 사진들을 차마 다시 볼 수 없을 것 같다.

마음을 다잡은 나는 조카딸, 그러니까 내 남동생의 딸이 등장하는 사진들을 보기 시작한다. 그 애는 내 삶에서 빠져나가는 쪽을 택했는데, 그 이유를 나는 알지 못한다. 나로서는 친딸이라고 해도 더 이상 사랑할 수 없는 아이였는데. 나는 그 아이만큼은 우리 집안에 드리운 끔찍한 저주, 우리 두 사람 모두가 피해자인 그 저주에서 풀려나도록 도와주고 싶었는데.

어찌나 눈물이 나는지 거의 아무것도 볼 수가 없다. 나는 꼬맹이 때 찍은 조카딸 사진 앞에서 펑펑 운다. 아이는 부모에게 둘러싸여 있는데, 부모라는 사람들은 마약중독자였다. 사춘기에 들어선 아이가 수렁에서 허우

적거릴 때마다 나는 아이를 거기서 꺼내주었다. 우리 두 사람이 훗날 비행기로, 자동차로, 배로, 자전거로 함께한 그 모든 여행. 기적 같은 그 세월 동안 우리는 함께 살았다. 나는 선생으로, 그 아이는 학생으로. 우리는 같이 웃고 같이 산책하며 같이 주방에서 즉흥적으로 음식을 준비하곤 했다. 그 아이의 아름다움과 미소, 사랑과 고통. 그 아이가 앓고 있고 나 또한 앓고 있는 고질. 나의 모든 노력에도 불구하고 고칠 수 없었던 그 병. 나에게는 나도 의식하지 못하는 사이에 내 인생에서 최고로 행복한 순간이 되어주었던 그 시절 이후 그 아이의 모습을 담은 사진이라고는 한 장도 없다. 나는 애정과 공감이 충만했던 그 몇 년의 시간이 물처럼 흘러가는 광경을 그려보면서 내가 세상에서 제일 사랑했던 존재를 잃어버렸다는 상실감에 목 놓아 운다.

20

"여사님들의 행복을 위하여."
졸라에게서 영감을 얻은 표현

사람들은 흔히 전시회를 이런 식으로 묘사한다. "문제는 말이지, 너무 사람이 많다는 거야, 글쎄, 고만고만한 여사님들로 전시장이 꽉 찼더라니까!"

나는 언제 고만고만한 여사님이 되었을까? 저녁보다는 토요일이나 일요일 오후에 외출하기를 선호하기 시작한 그때부터일까? 파리에서는 수많은 연극 공연이나 음악회가 '마티네', 즉 오전, 좀 더 정확하게 말하자면 늦은 오전에 열리며, 나도 점점 더 자주 그런 곳을 찾는다. 공연이 끝나고 아직 주변이 훤할 때, 다시 말해서 지하철이 너무 위험하지 않을 때 집에 돌아올 수 있어서 안심되는 데다, '전에는' 늘 그랬듯이, 밤 열한 시에 시끌벅적한 식당 테이블 앞에 앉는 고역도 면할 수 있어서 좋다.

어느 날부턴가 나는 공연장 안에서 주위에 앉은 사람

들을 다른 때보다 훨씬 주의 깊게 살펴보기 시작했다. 대부분이 '일정한 수준의 나이'에 도달한 사람들이었다. 이따금 백발의 커플들도 눈에 띄긴 했으나, 혼자 또는 친구들끼리 혹은 손녀딸과 같이 온 여자들이 압도적인 다수였다.

나는 오데옹 극장에서 특별히 심란한 순간을 맞이했다. 일요일 오후였는데, 극장에 들어오는 관객들이 거의 전부 시각장애인이거나 시각장애인 같은 사람들이었다. 어찌 된 영문인지 알아본즉슨, 그 공연은 특별히 기획된 공연으로, 무대와 그 무대에 등장하는 배우들을 볼 수 없는 사람들이 공연을 즐길 수 있도록 녹음을 비롯하여 도와주는 각종 기술이 동원된다는 것이었다. 최초의 놀라움―나는 그런 공연이 있는지조차 몰랐다―이 해소되면서 그것이 매우 좋은 기획이라고 생각하게 되었고, 그러자 곧 어떻게 그 모든 것이 조직되고 순조롭게 기능할 수 있는지 궁금했다. 그러면서 문득 나 역시 장애인 관객 속에 포함된다는 사실을 깨달았다. 그 일화를 통해서 나는 노화는 하나의 장애라고 결론지었다.

결론을 지었다고는 하나, '고만고만한 여사님'이라는 표현은 여전히 나의 뇌리에서 맴돌았다. 주중에, 낮에 전시회 구경에 나설 때면 매번 똑같은 상황에 놓이기 때문이었다. 그럴 때마다 나는 거기서 고만고만한 여사들의 무리를 관찰한다. 그들은 두세 명씩 짝을 지어 다니거나, 매우 큰 소리로 떠들어대는 가이드를 따라다녔다. 게다가 어찌나 수다스러운지! 때로는 전시장에 걸린 그림에 대해서, 마치 서로가 서로에게 강의라도 하듯이, 조각조각 해부를 하거나, 때로는 전시와는 무관한 다른 이야기를 하느라 바빴다. 마치 길모퉁이 카페에서 차 한 잔을 앞에 둔 사람들처럼 한가롭게, 끝없이, 이어가는 개인사와 관련된 수다들. 그런가 하면 그들은 스마트폰을 이용한 사진 촬영 정도는 얼마든지 할 수 있음을 과시라도 하듯이, 이제나저제나 그림 볼 기회를 기다리는 다른 관람객들의 한숨 소리엔 신경도 쓰지 않으면서 어떤 한 작품 앞에 오래도록 옹기종기 모여 있기도 한다.

나도 이제 그 여사들 가운데 한 명이 되어 있었다. 나는 남자들과 관련해서는 그러한 부류가 있지도 않으며,

있다 한들 그들을 지칭하는 통상적인 표현 같은 건 없음에 주목한다. 그건 아마도 남자들이 여자들보다 일찍 사망하기 때문일 수도 있고, 홀아비나 이혼남들은 같은 처지의 남자들과 몰려다니기보다는 얼른 재혼하는 편을 선호하기 때문일 수도 있다. 여하튼 남자들은 주로 여자와 커플로 다니거나, 아예 전시장 같은 곳엔 모습을 드러내지 않는다.

나는 친한 여자 친구들 몇 명과 밖에서 만나 저녁 먹는 일이 잦아졌다. 우리는 이야기도 나누고 함께 엄청나게 웃기도 했다. 그런데 요즈음 나는 일흔 살 먹은 여자들과 함께 식당 테이블에 앉는 것이 예전보다 덜 편안하다. 남들 눈에는 우리가 친한 친구들로 비치기보다 고만고만하게 나이 먹은 여자들로 보인다는 사실을 누구보다 잘 인식하기 때문이다. 그렇지만 끊임없이 샘솟는 대화와 자주 터져 나오는 웃음소리는 예전과 다름이 없다. 대화 중에 건강 문제나 손주들에 관한 일화가 예전보다 조금 더 자주 등장한다는 사실을 부인할 수는 없지만 말이다. 다소 트렌디한 식당인 경우, 음악 소리가 참기 어려울 정도로 크기 때문에 저녁 내내 고함을

지르듯 이야기를 나눠야 하고, 가구들이 유행을 선도한다는, 다시 말해서 몹시 불편하다는 단점이 있는가 하면, 메뉴는 우리가 자리 잡은 테이블 반대편 쪽, 곧 식당 입구에 세워둔 칠판에 분필로 적어놓은 탓에 읽을 수 없다는 치명적인 불편함도 빼놓을 수 없다. 어쨌거나 현란한 어휘로 묘사된 음식은 뭐가 뭔지 제대로 알 수도 없는데, 우리는 밀려드는 손님들 때문에 기진맥진한 종업원들에게 감히 설명을 요구하지도 못한다. 비교적 조용한 곳, 종업원들이 참을성 있게 기다려주고 메뉴는 우리도 읽을 수 있을 정도로 적당히 큰 글씨로 적혀 있으며, 익숙한 음식들이 아직 '에스닉-비건' 요리로 대체되지 않은 장소를 찾아내기 위해서는 부단한 노력이 필요하다. 매번 손님을 환대해주고 지나치게 잘난 척하지 않는 곳만 선택하려다보면, 이렇게 말하기는 두렵지만, 나 자신도 어쩔 수 없이 고만고만한 여사님 대열에 합류하고 있다는 기분이 든다.

어느 날 저녁, 한 친구와 식당에서 저녁 약속을 잡았다. 친구와 나는 대학에서 강의를 시작하면서, 그러니까 지금으로부터 아주 오래전에 일 년 내내 같은 연구실을 쓴 사이다. 우리는 그 후 각자 상당히 다른 길로 갔고, 그러다보니 수십 년 동안 어쩌다 한두 번씩만 소식을 주고받았다. 그런데 지금, 우리는 둘 다 파리에 산다. 그날 저녁, 우리는 각자의 반려견까지 데리고 나왔다. 친구는 일 년 중 일부는 니스에서 보낸다는데, 예전의 우아한 모습 그대로였다. 우리는 둘 다 지독한 겨울 기관지염을 앓고 난 참이었으므로 뜨끈하고 맛좋은 슈크루트*와 리슬링 포도주로 기운을 북돋아보자고 의기투합했다. 영화와 정치에 관해서도 이야기하고, 각자의 삶에 대해서도 들려주었으며, 우리 나이와 관련된 어려움에 대해서 불만도 털어놓았다. 친구는 나에게 몇몇 건강기능 식품을 권해주었고, 나는 친구에게 내 접골의와 족 전문의 주소를 건네주었다. 시간이 어찌나 빨리 지나가는지, 그리고 할 이야기는 어쩌면 그리도 많은지, 우리는 자정이 되도록 여전히 그곳에 앉아 있었다. 게다가 기왕에 딴 향긋한 리슬링 한 병은 끝내야 하지 않겠는가.

* 소금과 와인으로 절인 양배추에 햄, 소시지 등을 곁들인 음식.

그런데 그 순간부터 나는 두 개의 나로 분리되었다. 하나의 내가 말하고 웃고 와인을 마시는 동안 나머지 하나의 내가 우리 두 사람을 관찰하는 것이었다. 아직 서른 살도 채 안 되었을 때, 우리는 인생에서 그토록 많은 일이 일어나며, 특히 어느 날 문득 우리가 그날 저녁의 우리 모습으로—그러니까 고만고만한 여사님이 되어—파리의 웬 식당에 반려견까지 데리고 나와 앉아 있게 되리라는 걸 상상이나 할 수 있었을까?

다음 날, 나는 우리 동네의 좁은 인도에서 개와 함께 산책하다가 스쿠터를 탄 채 내 쪽으로 돌진하는 젊은이를 보았다. 마지막 순간에 오른쪽으로 커브를 틀어 나와의 충돌을 피한 청년이 명랑한 투로 말했다. "겁낼 필요 없으세요, 여사님!"

21

"독자여, 나는 그와 결혼했습니다."
샬럿 브론테, 《제인 에어》

우리는 너무도 힘들게 이혼했기 때문에 그 후 여러 해 동안 서로 말도 할 수 없을 지경이었다. 그러다가 차츰 전남편과 다시금 연락하고 지내기 시작했다. 그는 해마다 습관처럼 파리에 와서 며칠씩 지내곤 했는데, 그의 말로는, 자신의 '프랑스 가족'(다시 말해서 내 가족)을 만나기 위해서라는 것이었다. 우리는 장시간 떨어져 있긴 했어도, 그리고 완전히 다른 식의 삶을 살고 있다 해도, 서로를 속속들이 잘 아는 오랜 친구처럼 막역하게 서로를 대했다. 그는 때로는 혼자 오고, 때로는 가장 최근의 여자 친구와 함께 양손에 선물을 잔뜩 들고는 그를 여전히 '미국 삼촌'이라고 부르며 환대해주는 프랑스 가족을 찾았다. 더구나 전형적인 미국 사람으로서, 그는 철저하게 자신의 오랜 관광 습관을 고집했다. 이를테면 점심은 '되마고'에서 먹고, 박물관 한두 곳을 방문한 다음, 영어로 더빙된 영화를 보고, 자신이 선호하는 상점에서 쇼핑하고, 유명한 식당(내가 처음이자 마지막으로 쥘 베른 식당*에서 밥을 먹은 것도 그이 덕분이었다)에서 저녁을 먹고, 어쩌다가 한 번쯤은 재즈 콘서트에 가는 식이었다. 그가 미국으로 돌아간 후엔, 이메일을 주고받았지만, 그다지 자주는 아니고 그저 서로의 삶에 무슨 일이 있는지 알고 지낼 수 있는 정도에 머물렀다.

그가 마지막으로 파리에 왔을 때, 우리는 함께 저녁 식사를 하기 위해 식당을 향해 가던 길이었는데, 그가 갑자기 몸을 숙여 구두끈을 다시 맸다. 그 순간 나는 무지무지 큰 충격을 받았다. 언제나 풍성한 숱을 자랑하던 그의 정수리 부근에 탈모로 인하여 동그란 형태로 하얀 두피가 드러나는 것이 아닌가. 분명 그 전까지는 없던 자국이었다. 그 순간 별안간 그를 향한 애정이 파도처럼 밀려왔다. 40년 전 우리가 처음 만난 이후 맛본 다양한 감정들과는 전혀 다른 새로운 감정이었다. 항상

---

* 파리 최고의 관광명소인 에펠탑 2층에 자리 잡은 고급 프렌치 레스토랑.

젊고 활기차고 자신감 넘치는 남자로 보이고 싶어 했던 그였건만 이제는 늙고 나약해진 남자로 보이는 것이었다. 모든 회한과 오해가 그날 저녁 눈 녹듯이 사라져 버렸다. 그 빈 자리를 우리 두 사람 사이의 관계에 대한 새롭고도 명쾌한 이해심과 배려가 차지했다. 나는 그 여름에 늙은이가 되기 전까지는 적당한 거리를 두고 이 관계를 바라보는 법을 알지 못했다.

1979년 푸에르토리코의 한 수영장 주변에서 처음 만났을 때만 해도 우리는 서로가 서로에게 짝이 되어줄 수 없는 사람임을 알아보지 못했다. 솔직히, 우리에게는 공통점이라고는 전혀 없었다. 그는 논리적이고 실용적이며 효율을 중시하는 합리적인 미국인이었다. 그는 크고 안락한 것, 유명 상표(자동차, 집, TV, 하다못해 자잘한 전자 제품까지도) 제품을 좋아했다. 반면 무엇이 되었든 나는 튀지 않는 은근한 것, 내가 받은 교육에 따르면 '좋은 취향'을 선호했다. 우리 두 사람이 미국 사람들이 좋아하는 무지무지하게 큰 슈퍼마켓에서 장을 볼 때면, 나는 내가 잊어버리고 있던 것, 나의 충동이 부추기는 것을 사기 위해 구분 없이 되는 대로 상점 안을 뛰어

다녔지만, 그는 줄지어 배치된 판매대 사이를 아래에서 위로, 혹은 오른쪽에서 왼쪽으로, 왼쪽에서 오른쪽으로 체계적으로 훑어가며 찾던 것을 꼼꼼하게 챙겼다. 그 때문에 그는 절대 갔던 길을 되돌아가는 법이 없었다. 내 냉장고는 와인 한 병, 커다란 요구르트 한 병 정도를 빼면 거의 늘 텅 비어 있기 때문에, 나는 깜빡 잊고 사 오지 않은 것을 다시 사러 나가기 일쑤였다. 나와는 대 조적으로 그는 일주일에 한 번씩 스테이크와 조각낸 닭 고기들로 그의 냉동고를 채웠다. 그가 사들이는 스테이 크는 유난히도 크기가 컸다. 짐을 싸는 건 거의 악몽에 해당하는 일이라 나는 여러 시간 동안 초조함에 시달려 야 했다. 아무리 생각해봐도 무엇이 필요한지 얼른 판 단이 서지 않는 탓에 끝없이 여행의 맥락에 대해, 날씨 에 대해, 짐의 무게에 대해 묻고 또 물었다. 하지만 그는 단 5분이면 짐 싸기를 끝냈다. 다림질된 셔츠와 바지가 정확하게 몇 벌이 필요할지, 구두는 몇 켤레를 가져가 야 할지 그는 대번에 알았다.

그는 돈, 게임을 좋아했다. 나는 그 두 가지를 전부 경 멸했다. 그가 내 생일 기념으로 나를 라스베이거스에 데려갔을 때, 나는 주말 내내 울었다. 나에게 그곳은 너무도 혐오스러운 곳이었다. 그는 화려한 빛깔의 에르메스 스카프를 선물해주기를 좋아했는데, 나는 그 스카프들을 천박하다고 여겼고, 금으로 만든 롤렉스시계도 선물해줬지만, 천만다행으로 나는 그 시계를 잃어버렸다. 그의 친구들은 변호사거나 사업가였고, 그들에게는 에르메스 상표 옷을 즐겨 입고 손목엔 롤렉스 금시계를, 손가락엔 아주 큰 다이아몬드 반지를 끼는 한가하고 아리따운 부인들이 있었다. 나는 그의 친구들과 모든 사안에 대해서 논쟁을 벌였는데, 특히 나와는 너무 다른 그들의 삶의 방식이나 가치관이 자주 도마 위에 올랐다. 반면 내 친구들이라고는 죄 대학교수에 지식인, 세계주의자, 좌파 인사뿐이었다. 이들은 문학과 정치에 대해서 말하기를 좋아했고, 재미난 사람들이었지만 우아함과는 거리가 멀었고, 자주 이해하기 어려운 데다 때로는 오만하기까지 했다.

우리가 산후안의 힐튼 호텔에서 만났을 때, 나는 문학 학회에, 그는 기업 변호사 세미나에 각각 참석 중인 상태였다. 주최 측에서 마련해준 칵테일 파티에서 우리는 잠깐 이야기를 나눴다. 그는 나에게 최근에 있었던 저녁 모임을 묘사했다. 친구 한 명이 자가용 비행기로 자기를 데리러 와서 함께 뉴욕에서 제일 좋다는 식당들 가운데 어느 한 곳에서 식사했다는 것이었다. 그날 그 식사 자리에서 그와 그의 친구들 그리고 그들의 동반자들은 한 병에 1천 달러짜리 와인을 마셨다는 말도 덧붙였다. 나는 세계를 지배하는 빈곤을 고려할 때 그런 작태는 부도덕하기 짝이 없을 뿐 아니라 심지어 외설적이라고 독설을 날렸다. 그렇지만 그는 별로 불쾌해하는 것 같지 않았다.

처음으로 그의 집에 갔을 때, 나를 놀라게 한 건 그의 집의 크기나 계곡 전체를 굽어보는 수영장이 아니었다. 집 안에 걸려 있는, 첫눈에도 알아볼 수 있는 유명작가의 작품들과 안락하지만, 전혀 흥미롭지 않은 가구들이었다. 값은 비싸지만, 영혼이 느껴지지 않는 그 물건들. 그 무렵 난 여전히 사회 초년생 신분이었고, 더구나 히피 생활을 청산한 지도 얼마 되지 않았을 때였다. 내 집엔 침대 틀도 없이 맨바닥에 그냥 놓은 매트리스 하나뿐이었다. 아직 깨끗하고 쓸 만한데 버려진 그 매트리스를 길에서 발견하고는 친구 한 명의 도움으로 집까지 가져왔다.

그는 우리가 자주 파리에서 휴가를 보냈음에도 프랑스어라고는 한 마디도 배우지 않았다. 나는 테라스에 앉아 거리에 오가는 사람들을 관찰하면서 설렁설렁 《르 몽드》지나 읽고 싶었다. 그러나 그는《헤럴드 트리뷴》지 읽기가 끝나면 곧 쇼핑하러(대개 나를 위해서였으니, 그 점은 나도 인정한다) 가거나 화랑 방문(내가 한 번도 감탄한 적이 없는 그의 컬렉션을 한층 더 풍성하게 하기 위해서)에 나설 궁리만 했다. 그의 컬렉션이라는 게 우선 너무 크고, 너무 화려한 색상 위주인 데다, 한마디로 '블링블링'한 것들이었으니까.

그는 낸터킷에 휴가용 별장을 한 채 샀는데, 그가 제안한 장소 중에서 그곳만이 유일하게 내 마음에 들었기 때문이었다. 거기서 우리는 대양과 모래언덕이 늘어선 길쭉한 해안을 마음껏 바라볼 수 있었다. 밤이면 페리선과 비행기의 움직임을 알려주는 포그혼foghorn(또는 무신호소霧信號所) 소리를 듣곤 했다. 나는 그곳에 머물면서 평온하고 조용한 가운데 글 읽기와 쓰기에 몰입하는 삶도 꿈꿔봤다. 반면에 그는 여름의 시작부터 끝까지 그곳에 우리 친구들이며 가족들을 모두 초대해서 해변이며 식당, 영화 축제에 데려가고, 그리고 물론 쇼핑도 함께할 생각만 했다.

우리가 보스턴으로 이사를 하게 되었을 때, 그가 제일 마음에 들어 한 건물은 내가 보기에 처음엔 건방지고 콧대만 높아 보였으나, 차츰 나 역시도 찰스강을 굽어보는 매력적인 전망에 반해버렸다. 마치 문자 그대로 물 위에서 사는 기분이었다. 나는 그 집을 꾸미는 이른바 인테리어 전투에서 완전히 승기를 잡았다. 그가 좋아하지만 내가 보기엔 지나치게 과시적인 것들을 늘어놓을 여지라곤 전혀 주지 않았으니 말이다. 이혼 후, 그는 내가 선택한 '품위 있는' 가구들을 모조리 유명 상표 가구들로 바꾸었으며, 안락하고 편안하긴 하나 너무 크고 화려한 색상의 물건들로 집 안을 채웠다. 거대한 TV 수상기도 물론 거실 중앙에 자리를 잡았다. 어쨌든 우리는 15년을 함께 살았고, 그중에서 10년은 결혼한 부부로서 살았다.

그 여름에 나는 그가 내 목숨을 구해준 사람임을 새

삼 깨달았다. 그는 나에게 사소한 것들로 속 끓이지 않고, 뒤로 한 발짝 물러나 거리 두는 법을 가르쳐주었다. 그는 또한 나에게 모든 문제는 다 해결될 수 있음을 보여주기도 했다. 내가 심한 우울증에 시달릴 때, 그는 그 어떤 것도 극복할 수 없을 정도로 심각한 게 아니라고, 극도로 의기소침한 시간도 곧 지나갈 거라고, 어려운 일은 그가 다 알아서 풀어나갈 거라고, 나는 강한 사람이니까 결국 모든 것을 다 이겨낼 수 있을 거라고 안심시키고 설득했다. 그는 나에 관해 아무도, 심지어 내 부모님까지도 보여준 적이 없는 무한한 인내심과 낙관적인 태도를 보여주었다. 태어나서 처음으로, 그리고 십중팔구 마지막으로, 나는 가면을 쓰지 않아도 되었다.

그와 함께 있으면, 나는 안전했다. 그리고 앞으로 무슨 일이 생겨도 나는 늘 안전하리라는 걸 나도 잘 알았다. 그는 무엇보다도 특유의 유머 감각을 전수해주었다. 절망에 빠지는 빈도가 잦아지면서, 나 자신의 절망을 바라보며 웃는 것 외에는 달리 할 수 있는 게 없었다. 뉴욕에 사는 유대인으로서 그가 구사하는 유머는 그가 나에게 선사한 가장 소중하고 가장 항구적인 선물이었다.

우리가 낸터킷섬에서 보낸 마지막 여름에, 나에게 또다시 우울증 위기가 찾아왔다. 그때까지만 해도 항우울제 복용 처방은 받아들이지 않았는데, 당시 그러한 약은 새로이 시장에 출시되는 부류의 약품이라, 부작용이 많다는 평이 있었기 때문이었다. 우울증 증세가 어찌나심한지 나는 거의 아무것도 할 수 없었고, 그의 인내심에도 한계가 있었다. 그와의 결별은, 아버지로부터 버림받은 사건에 이어 내 인생에서 두 번째로 힘든 시간이었다. 오직 나의 모든 에너지를 쏟아 부은 교수 일과 프로작Prozac•만이 거의 해체되어가던 나를 서서히 재구성해주었다. 나는 찰스강 변의 아름다운 아파트에서 멀리 떨어진 서민 동네로 이사했다. 그의 자동차처럼 고급 승용차들은 반드시 차 문을 단단히 걸어 잠그고 주행해야 하는 동네였다.

이제 나이를 먹고 돌이켜보니, 그리고 머리카락이 빠지기 시작한 그의 정수리 때문에 갑자기 울컥했던 마음

• 플루옥세틴을 주성분으로 선택적 세로토닌 재흡수 억제제라고 불리는 항우울제의 대명사.

까지 더해지고 보니, 그에게 그토록 야멸차고 비판적이었던 나 자신이 미안하게 느껴졌다. 그가 없었다면 나는 분명 목숨을 부지하고 싶어 하지 않았을 것이다. 아니 계속 살 수조차 없었을 거라고 나는 확신한다. 팔만 뻗으면 닿을 만한 거리에서, 무한한 인내심을 가지고, 여러 해 동안, 그가 나를 살아 있도록 지탱해주었다.

우리가 이혼하기로 결정하자, 그의 어머니는 이렇게 말했다. "네가 그런 결정을 내린 건 그게 옳은 일이라고 판단했기 때문일 테지. 넌 강한 아이니 잘 이겨낼 거다." 반면 나의 엄마는 "여자가 처량하게 홀로 돈도 없이 늙어간다는 건 끔찍하기 짝이 없는 일이지"라고 말했다. 우리의 모든 문제와 슬픔, 도저히 좁혀지지 않는 성격 차이, 회한에도 불구하고, 우리는 서로 사랑했다. 난 그걸 잘 안다. 나는 그에게 하나의 세상을 열어주었고, 그는 나를 삶 속으로 데려왔다.

22

"당신이 더 어둡기를 원한다면,
우린 불꽃마저 죽여 버려야 할 테죠."

레너드 코헨Leonard Cohen, 〈더 어두워지길 원하시면You Want it Darker〉

유언장 작성하기.

그토록 오랫동안 일하면서 모은 것이 비록 적지만 제일 헐벗고 가진 것 없는 자들에게는 도움이 되리라고 믿으면서 내 모든 재산을 자선사업, 내가 귀하게 생각하는 일들에 기부한다.

♦ '마지막 유지'라는 표현이 자아내는 섬뜩한 공포심
에도 불구하고 이 유언장에 서명한다.

♦ 매장(너무 폐소공포증을 자극한다)과 화장(너무 절차가 복
잡하다) 중에서 양자택일하거나, 나의 시신을 과학발
전에 써달라고 기증(제일 효율적이고 유용하긴 하나, 어
쩐지 썩 유쾌하진 않다)하기. 지침을 남길 것.

♦ 반려견은 내가 휴가 여행 떠날 때마다 너무도 잘 보
살펴주던 시골의 젊은 부부에게 보낼 것. 녀석을 데
리고 살면서 잘 돌봐달라고 부탁하는 편지를 한 통
쓰고, 수표도 동봉할 것.

♦ 3층에 사는 이웃의 문 앞에 '이 메모를 읽게 되면 경
찰을 부를 것'이라고 적힌 쪽지를 놓아둘 것. 그 여
자가 내 집 열쇠를 가지고 있으니까. 방금 아기를 낳
은 이웃에게는 미안한 일이지만, 그래도 절차상 필
요한 일이니 양해해주기를.

♦ 수표 몇 장을 준비하고 편지를 첨부할 것. 내 입출
금 계좌에 돈이 조금 남아 있으니, 유언장(위의 글 참

조) 개봉 전에, 최대한 많은 사람에게 혜택이 돌아가
도록 할 것. 그리고 그 수표들을 아무도 알지 못하게
부쳐달라는 부탁과 함께 3층 이웃에게 맡길 것.

♦ 럼주 반병 마시기. 솔직히 아주 좋은 와인이나 샴페
인이 더 좋겠지만, 너무 알코올 도수가 낮다. 그러면
여러 술을 섞어볼까?

♦ 럼주와 함께 여러 달 전부터 모아둔 수면제들을 삼
킨다.

♦ 식물인간으로 깨어나는 비극을 방지하기 위해 필요
한 모든 조치를 한다. 욕조의 뜨거운 물 수도꼭지를
튼 다음, 그 안에 누워 오필리아처럼 수면에 둥둥 떠
오르기를 기다린다. 이 모든 건 아주 부드럽게 진행
되어야 한다(달리는 기차에 뛰어든다거나 관자놀이 부근에
총알을 박아 넣는 방법 따위는 말도 안 된다. 분명 효율적이
긴 하겠으나, 너무 과격하게 폭력적이지 않은가!)

♦ 잠든다. 평화롭게.

아니면,

사뮈엘 베케트Samuel Beckett가《이름 붙일 수 없는 자》
에 쓴 다음 문장을 끝없이 반복할 것.

"계속해야만 한다, 나는 계속할 수 없다, 나는 계속할
것이다."

감사의 말

가장 먼저 이 원고를 읽어준 독자들인 안 질랭Anne Gillain, 미셸 사르드Michèle Sarde, 엘리얀 드종-존스Elyane Dezon-Jones, 캐서린 켈리-레네Kathleen Kelly-Lainé에게 깊은 감사를 전한다. 이 책은 그들과의 변함없는 우정에 끈끈하게 연결되어 있다.

또한 이코노클라스트 출판사의 소피 드 시브리Sophie de Sivry, 샤를롯 로트만Charlotte Rotman 그리고 일리나 엡스타인Ileana Epsztajn에게도 감사드린다. 그들은 대단한 전문성과 이루 말로 표현할 수 없는 친절함으로 이 프로젝트의 처음부터 끝까지 함께해주었다.

L'été où je suis
devenue vieille